ベリーズ文庫

強引専務の身代わりフィアンセ

黒乃 梓

JN177547

STARTS
スターツ出版株式会社

目次

プロローグ

机ひとつ挟んで対面のソファに座る彼からの射貫《いぬ》くような眼差《まなざ》しは、私の言葉を封じ込めた。事務所が、今は世界から隔離されたかのように重い沈黙に包まれている。

そんな中、私は目線をどこに、正確にはどちらに向けていいのか迷った。彼か、あるいは彼が差し出してきたものか。

曖昧に彼の方を窺《うかが》う。背が高く、すらっとしていながら、ほどよく引きしまっている体。それを覆うのは素人目《しろうとめ》にもわかる高級そうなスーツ。艶やかな黒髪と目力のある切れ長の瞳は、まるで黒豹《くろひょう》だ。

どこまでをカウントしていいのか悩むけれど、彼と会って言葉を交わすのは二……いや、三回目だ。

全部違う場所で、そのたびに彼の見せる表情もすべて違った。

一回目は冷たくも穏やかで紳士的。二回目は探るような、敵意の交じった面持ち。そして今は——。

「これは、どういうことでしょうか。高瀬《たかせ》専務?」

　意を決してゆっくりと、そしてはっきりとした口調で私は再度尋ねた。彼は長い脚を見せつけるかのように組み直すと、表情を変えずに口を開く。

「言っただろ？　君が欲しいんだ。いったい、いくら必要だ？」

　悠然と答える彼に、私は眉を吊《つ》り上げた。机の上には紙切れが一枚、なんでもないかのように置かれている。仕事で使うメモ用紙みたいに、本当にさらっと。

　小切手と呼ばれるものだった。ドラマや映画でしか見たことがなくて、本物を見るのは初めて。でも、こんな扱いをしていいものではないことは知っている。

　そこには彼の名前と、数えるのも気が引けるほどの桁数の金額が書かれていた。

　どうして彼がここに来て、私にこんなことを言っているのか。状況が理解できない。

　てっきりクビを宣告されると思っていたから。

　彼にとって私は、いくらでも代わりが利く存在のはずなのに。

地味で平凡なのが大事な武器です

時計の針がいつもの時間を指したところで、私はパソコンをシャットダウンしようとマウスを動かした。七月最初の金曜日の午後五時。

てきぱきと帰り支度を始める私に、嫌な顔をする社員はひとりもいない。なぜなら私は正社員ではなく契約社員で、基本的に残業をすることはなく定時で上がることになっているから。それにこの会社は元々、残業自体が少ないホワイト企業でもある。

私、鈴木美和《すずきみわ》が勤めているのは、日本では名の知れたアクセサリーブランド『MITE《ミーテ》』の本社だ。

ミーテ・ホールディングス株式会社が運営するブランドで、銀製品や革製品、ファッション雑貨などを幅広く取り扱っている中、看板名になっている宝飾品に一番力を入れていた。

『MITE』はイタリア語で『穏やかな』という意味で、デザイナーをしていた先々代の社長夫婦がイタリアに在住している際に始めたブランドだ。創立者である彼らの意向を大事にしながら、今も職人や技術者、デザイナーなどが世代交代や連携を繰り返し、発展し続けている。

十数年ほど前に、国際的な賞を獲得した映画のヒロインが劇中でいつも身につけていることで注目を浴び、その人気は加速。今では職人技と機械化のバランスを取りながら量産している。

そして、こだわりが強い分、敷居が高い印象のブランドだったが、最近『女性にもっとアクセサリーを楽しんでもらえるように』というコンセプトで、新ブランドの『Sempre《センプレ》』を起ち上げ、それが当たったことでさらに業績を伸ばしつつある。

ブランド名はミーテと併せてイタリア語で、『日常』や『常に』という意味らしい。アクセサリーを特別なものとするのではなく、普段からもっと使ってほしいという願いが込められているんだとか。

使う宝石をダイヤモンドなどに特定せず、むしろ天然石を多用し、それに合うようなデザイン性を重視することで、高級すぎず、それでいて安っぽくならないような絶妙な価格で提供する。

親元がミーテという確固たる信頼感もあって、瞬《また》く間に若い女性の間で人気のブランドとなった。

その会社で契約社員として働けるのは誇らしいことだとは思う。といっても、私は実際にアクセサリーに関する業務に携わることはなく、基本的な仕事内容は経理も兼ねた一般的な事務作業がほとんど。

四月からここで契約社員として働き始め、もうすぐ三ヵ月。仕事にもだいぶ慣れてきた。

「お疲れ様です、お先に失礼します」

「はい、お疲れ様。また来週ね」

決まり文句を告げる私に、先輩社員は笑顔で返してくれる。扱っている商品からして、社員は圧倒的に女性が多い。

そういう職場は、イメージ的に立場間の格差や嫉妬などで大変そうだと思われがちだけれど、契約社員の私でさえ十分な給与を与えられて福利厚生も充実しているので、正社員に至っては言わずもがな。おかげで正社員と契約社員の間に妙な軋轢《あつれき》を生むこともなく、人間関係も良好で本当にありがたく思う。

腕時計を再度確認する。この後七時から〝もうひとつの仕事〟の打ち合わせが入っている。時間的に余裕はあるものの、気持ちが焦ってやや小走りになりながらエントランスに向かった。

その途中で、ある人物が目に入り、慌てて足を止める。

「お疲れ様です」

相手がこちらに気づく前に声をかけ、深々と頭を下げた。

ややあって相手からは、「お疲れ様」と、あまり感情のこもっていない声が返ってくる。彼の声はそこまで大きくなくても、ほどよく低くて耳に心地よく響く。

顔を見たくなくて、そして見られたくなくて、私はその場を必死にやり過ごした。

背が高くモデルさながらの風貌で、顔も文句のつけようもなく整っている。流れるような黒髪に、どこかミステリアスな雰囲気。遠くから見てもぱっと目を引く存在なのを、私はとっくに知っている。

彼の名は高瀬一樹《かずき》。ミーテの現社長の息子であり、専務という肩書きを背負っている。ただ、そのことに不満を抱く人はほとんどいないはず。彼はセンプレを起ち上げ、成功させた張本人だ。

三十二歳と若く、それでいて独身なんだから、彼に密かに想いを寄せる女性は後を絶たない。おかげで今では社長よりも社内外ともに注目されている人物だ。

そんな専務に、私は勝手に後ろめたさを感じていた。彼と言葉を交わしたのは新入社員歓迎会のときに少しだけ。だからきっと彼は私のことを覚えていないだろうし、気に留めてもいないと思う。

でも、それでいい。そうでいてもらわないと困る。

専務が秘書を連れて通り過ぎたのを感じ、私はタイミングを見計らって頭を上げた。無意識に息も止めていたようで、肺にゆっくりと酸素を送り込む。

気を取り直してエントランスに足を進めようとしたところで、なぜか私は引き寄せられるように専務の背中を目で追ってしまった。それがいけなかった。

なにがあったのかは知らないけれど、振り向いてこちらを見ていた専務と、バチッと音がしそうなほど視線が交わってしまった。漆黒の瞳に捕らえられ、一瞬時が止まったような感覚に陥る。

それを急いで振り払って駆けだした。バクバクと音をたて始める心臓を押さえながら、さっさと会社の外に出る。

落ち着け、きっと今のは偶然だ。私のことを気にしたわけじゃない。たぶん私の野暮ったさが気になっただけ。私が初めて話しかけられたときと同じように。

入社してから一ヵ月経つか経たないかのある日、会社主催で、契約社員を含めた新入社員の歓迎会が開かれた。毎年恒例のこの会では、なんと社員それぞれに自社のアクセサリーがプレゼントされるらしく、太っ腹な対応に驚いたりもした。

『社員としてではなく、皆さん個人としてミーテやセンプレのよさをわかってもらいたい』

社長がそういった話をして、会場にはミーテとセンプレの新作のアクセサリーが並ぶ。『社員自らがよさを知り、広告塔になるように』と始まった取り組みらしい。

さらに会場で注目されているのは、社長の息子であり、専務でもある彼の存在だった。新入社員にとって普段は滅多に接することのない上役たちと、今日は直接話すことができる数少ない機会だ。でも、ほとんどの女性社員の狙いは専務だったりする。

専務の周りには人だかりができ、飾られたアクセサリーの前では社員たちが集まり和気藹々《わきあいあい》としている。男性社員には時計やネクタイピン、カフスボタンなども用意されていて、アクセサリーを奥さんや恋人へのお土産《みやげ》に選ぶ男性もいた。

私はケース前の社員たちの輪から一歩引いたところで、遠巻きに様子を見ていた。

『アクセサリーに興味は？』

突然話しかけられ、心臓が口から飛び出そうになる。そして話しかけてきた相手を認識して、さらに動揺が走った。

高瀬一樹。心の中で彼のフルネームがぱっと浮かんだのと同時に、ふいっと視線を逸《そ》らした。いつの間にそばに来ていたのか、まったく気がつかなかった。遠目にしか見たことのない彼が、こんなにも近くにいることが信じられない。

長い脚と、背が高くすらっとした体型はモデルさながらで、着ているスーツは皺《しわ》ひとつなく、彼の性格を表している気がした。

黒く艶のある髪は滑らかそうで、こういう人間は生まれつき持っているオーラが違うのだと思う。

どうして彼が、私に話しかけてくるんだろう。

ただ、この会場で、ある意味私は目立っていたのかもしれない。肩より十センチほど伸びた、癖のある長い髪を後ろでひとつに束ねただけのシンプルさに、最低限の化粧と眼鏡《めがね》。

百五十六センチの身長は、女性としては高すぎず低すぎずといったところか。スタイルもごく普通。地味という形容詞がぴったりだった。

必然的に、美人というか、女性であることを謳歌《おうか》している人が多いアクセサリーメーカーの社員としては浮いてしまっている。それは入社してから気づいたことで、私も自分のスタイルを変えなかった。

自分の容姿に引け目を感じて会場の隅にいるわけではない。今さら、新作を含めたセンプレのアクセサリーをじっくりと見る必要も、悩んで選ぶ必要もなかったから。

だからといって、こちらの事情を彼に説明するわけにもいかない。

『正直、あまり興味はないですけど』

『なら、なぜうちの会社に？』

不必要に会話をしたくなくて選んだ答えだったけれど、間髪をいれずに冷たい声で質問がかぶせられた。失言だったか、と思いながら、続ける言葉を頭の中で探す。

専務にどう思われてもかまわない。自分は所詮、期限付きの契約社員だし、彼とは仕事でも関わることはない。

適当にかわそうとしたところで、専務と視線が交わった。真剣な表情をこちらに向けてくる彼に、言葉が自然と口をついて出る。

『……けど、センプレは別格ですね。色のついた天然石って、特に若い人はどうしても敬遠しがちなのに、アンティーク調のデザインとゴールドと組み合わせることで、あんなにも身につけやすくなるなんて。カボションカットやバゲットカットを利用して宝石を最大限に見せることで、シンプルさとは真逆の個性が出ますし。リングもネックレスも重ねづけできるようになっているのもいいと思います』

すらすらと、まるで入社試験の面接のごとく答えた。彼の大きな瞳が意外そうに揺れたのを見て、我に返る。

『そう言うわりには、ひとつも身につけてないんだな』

視線を上下に動かし、確かめるように見つめられ、頬が瞬時に熱を帯びた。

『残念ながら機会がなかったので。すみません、失礼します』

気がつけば専務の存在に、あちこちから視線が集まってきている。私はそそくさと彼から離れ、何事もなかったかのように歓迎会の輪に戻っていった。それを待っていたかのように、彼の周りにはまた人が集まっていく。

専務と話したのは、その一回だけ。きっと彼は私と話したことなどもう忘れている。私は彼とは真逆で、ぱっと見ただけではあまり印象に残らない。容姿も十人並み。でも、それが私の武器であり、もうひとつの仕事をするうえでは重要なことだった。


会社の外に出ると、もわっとした空気が全身を包み、不快さで顔を歪《ゆが》める。太陽は見えないけれど、辺りは十分に明るい。

夏の訪れとともに日が長くなっていく。どちらかといえば冷え性な私は、冬よりも夏の方が好きだった。

「ただいま」

「おかえり、美和。打ち合わせ前に、もう一度資料には目を通しておいてね」

帰宅すると、仕事帰りの娘に対する労《ねぎら》いはなく、母は早々にもうひとつの仕事の話を始めた。母にとってはこちらが本業なんだから、焦るのも無理はない。

私の両親は小さな芸能事務所『オフィス・ベルベリー』を経営している。誰もが知るような有名タレントが所属しているわけではないけれど、大手との繋《つな》がりもあり、それなりの仕事が回ってくるので細々と続けている。

その仕事には、私は昔からほぼノータッチだ。両親も子どもを無理に芸能界に関わらせようとはしなかったし。

土日も関係なく忙しい両親の仕事を、幼い頃は恨めしく思ったりもした。でも、それは子どものときの話だ。私は今年の九月でもう二十五歳になり、ふたつ年下の弟は今は就職して家を出ている。

そしてうちの事務所は、従来とは異なる新しい形で人材派遣を行う業務を始めた。私がしている〝もうひとつの仕事〟というのは、そちらだ。表立って活躍するタレントとは正反対の仕事。それは――。

「新婦さんの希望としては、高校時代の友人としてエキストラ四人ってことだったよね？」

「そう。できればひとりには着物を着てほしいそうなの。それは真紀《まき》ちゃんにお願いしてるから」

確認するように母に尋ねると、素早く返事があった。

最近、本業よりもこちらの方が忙しいのでは、と思うこともしばしば。うちは芸能事務所を営む傍ら、個人向けに代行業も請け負っている。所属タレントをある程度確保し、仕事が順調に回せるようになってきたのもあって始めた新規事業だった。

代行業というのは、たとえば結婚式の代理出席などが一般的によく知られている。事情があってその日だけ、依頼者の友人や親族になりきるというもの。他にもイベント主催者から『成果を残すために、ある程度の参加人数が必要だから、会場に人をよこしてほしい』という依頼もあったり。あまり知名度の高くないアイドルの屋外コンサートにファンとして参加してほしいというものなど、内容は多岐にわたる。

昔はそういうサクラ的なものが多かったのに対して、最近では個人的な依頼が増加し、SNSが発達したことで、さらに需要は増した。そんな理由で?と思うものから深刻なものまで、さまざまな事情を抱えた人々のために、望む役になりきるのがこの仕事だ。

代行業と言うと仰々しいし、サクラと言うとどこかマイナスなイメージも含んでいるので、私たちは〝エキストラ〟と呼んでいる。元々は、ドラマや映画で必要なワンシーンを作るために演じる群衆のことだ。

七時からの打ち合わせは、自宅に併設されている事務所で行われた。さっさと夕飯を済ませて私は先にそちらで待機する。

依頼者は来月末に結婚式を挙げる二十代女性だった。高校時代にわけあって不登校となり、結婚式に呼べるような当時の友人がほぼいない状況なのを、相手の両親や親族には話せていないらしい。

ただ、夫となる彼は友人を多く招待していることもあり、バランスを考えても高校時代の友人を呼ばないのは不自然に思われるのでは、ということでうちを頼ってきたわけだ。

エキストラは、本番よりも事前準備がかなり大変だったりする。今回の場合、相手の高校について知ることから始まり、どういうきっかけで仲良くなったのか、高校時代の彼女はどんな生徒だったのか、どんな思い出があるのかなどを綿密に設定し、頭に入れておく必要がある。

正直、『割に合わない』と思ったことだって一度や二度ではない。かといって失敗は絶対に許されないし、信頼と実力がものを言うので誰にでも頼める仕事でもないし。

おかげで人材不足なのも十分に承知している。実家で世話になっている身としては、そういった状況で両親に頼まれたらなかなか拒否することも難しい。でも、今の私は自分の意思でこの仕事をしている。こうして精力的に手伝い始めたのは、わりと新しい話なんだけれど。

依頼者の女性を見送った後、スタッフでさらに打ち合わせをして、気づけば午後九時を回っていた。

肩もパンパンだし、とにかく横になりたい。こういうとき事務所と自宅が併設というのは楽だな。

リビングのソファで行儀悪く寝そべる。すると、そこへ母が近寄ってきてとんでもない爆弾を落とした。

「そういえば美和、さっき言いそびれてたんだけど、明後日《あさって》の文化ホールで行われるジュエリーイベント、『ティエルナ』の依頼でまたエキストラお願いできる？」

「え！　あれ、私は行かなくていいって話じゃなかった⁉」

さらっと放たれた〝お願い〟に私は目を剥《む》いて、身を起こした。しかし母は何食わぬ顔だ。

「そうだったんだけど、竹城《たけしろ》さんが足を痛めたのよ。人数が増える分にはよくても、減るのは避けないといけないし。前も行ったから内容はわかってるでしょ？」

「でも私、今は契約社員とはいえ、ミーテの社員なんだけど？」

「いいじゃない。あくまでも〝個人的に〟行くんだから」

母の正論は私の文句を喉に押し込めた。おかげで私はそれ以上なにも言えず、逃げるようにバスルームに移動する。

三十九度に設定されたお湯は、夏場だからかそこまでぬるいとは思わなかった。湯船にゆっくりと浸《つ》かって、自然と息を長く吐く。

年に二回、文化ホールを貸しきって夏と冬に行われる大規模なジュエリーイベントが、この週末、二日間にわたって開催される。各企業がブースを設け、自社の商品をPRしたり、モデルたちによる新作のお披露目会やアウトレットコーナーなどがあったりと、毎回多くの人で賑《にぎ》わっていた。

もちろん、うちのミーテも参加予定だ。隣接でセンプレも独立ブースを取っている。初日は企業や来賓、マスコミなどの関係者が中心となり、二日目は一般客がメイン。

今年の年明けに行われたイベント二日目に、私はエキストラとして参加した。ティエルナというアクセサリーブランドの依頼で。

若手タレントがデザインを手がけた、ということで大手ファッションブランドが新設し、とにかく話題性で売り込んでいる。でも私にしてみれば、デザインはどこか二番煎じ感があり、あまりこだわりも伝わってこなくて、そこまで魅力的に思えない。もちろん好みの問題もあるんだろう。

ブランドを起ち上げてすぐに、有名俳優がプロポーズにここの指輪を贈った、ということで大きく取り上げられ、その名は広く知れ渡ることになった。

とはいえ、そのエピソードは純粋なものではないということを、業界事情に詳しい両親たちから聞いている。こうしてイベントで自分たちのブースに何人ものエキストラを派遣させ、さも人気があるように見せるやり方も気に入らない。

それでも仕事は仕事だ。しょうがない。それに、このイベントのエキストラを引き受けなかったら、ミーテの契約社員になろうとは思わなかったし、きっとなってもいなかっただろうから、あまり悪くも言えない。

前回エキストラを引き受けた際、ティエルナのファンとして参加するためにブランドの情報を収集していたときだった。元々私はアクセサリー類にはそれほど興味はなかった。でも、仕事と割り切れば話は別だ。

設立の経緯や売り出し方、商品などをチェックしつつ、他社の商品と比較してみることにする。そして私はセンプレの存在を知ることになった。

アクセサリーに疎い私でもミーテの名は知っている。そこが新しいブランドを起ち上げたのか、くらいの認識で商品をなにげなく見て、思わず息を呑《の》んだ。

シルバーよりゴールドを基調とした個性的なフォルムと、キャンディを思わせるような色とりどりの輝きを放つ天然石との組み合わせに、ひと目で虜《とりこ》になった。奇抜すぎず、シンプルすぎない絶妙さは、ひとつ購入すると他にも集めたくなる魅力を併せ持っている。

ティエルナのことを調べながら、それ以上にセンプレのことを知りたくなってしまった。起ち上げたのがミーテの専務であることなどを知り、イベントではティエルナのエキストラでありながら、密かにセンプレのブースも気になっていた。

そして当日、私はティエルナのアクセサリーを身につけ、大ファンを装ってブースに顔を出していた。新作を見て、同じくエキストラで友人役の女性とキャーキャーとはしゃぐ。

ブランドのよさをわざとらしく会話に織り交ぜて、アピールに努めていた。そこでふと、ショーケースを見つめる。

もし目の前に並んでいるのが、何度もホームページや資料で見たセンプレのアクセサリーだったら……。

きっと見とれるに決まっている。ケースに並ぶ商品の数々をずっと見つめていたくなる。

いいな、欲しいな。

想像すると、自然と笑顔になって仕事をこなせた。結局、仕事で来ていることもあり、そこまで離れてはいなかったにもかかわらず、ミーテとセンプレのブースに顔を出すことは叶《かな》わなくて、こっそりと肩を落とす。

残念に思いながらも気を取り直して、モデルたちによる新作のショーが行われるので観覧に行く。そしてショーの前に各社が行う新作の簡単な説明を聞く際に、彼……高瀬専務を初めて生《なま》で見た。

専門誌のインタビュー記事で顔は知っていたけれど、本物は写真以上だった。背も高く、顔立ちも整っていて、会場の視線が一気に集まる。

それまであまり集中して聞いていなかった観客たちも静まり返り、低くてよく通る彼の声に耳を傾けた。下手《へた》なモデルを使うより、彼を広告塔にした方がよっぽど売れると本気で思いながら、私もじっと彼に視線を送る。

そのとき、なぜかステージの上で話す彼と目が合ってしまった。

ここにいるのは私だけじゃない。それなのに、たった一瞬の出来事に、心臓も息も止まりそうになる。

自惚《うぬぼ》れで、自意識過剰なのも自覚している。目が合ったと感じたのだって、きっときっと私だけだ。その証拠に、彼は何事もなく商品の説明を続けた。

気のせいだと流そうとする一方で、自分をまっすぐに捕らえたあの深い色の瞳が頭から離れない。それはエキストラの仕事を滞りなく終えた後もだ。ちょうどそのとき、派遣社員として働いていた職場との契約も三月で終了する予定だったから、私は思いきってミーテで契約社員として働くことを希望した。

お風呂から上がり、髪を乾かす。本当はもっとタオルで水分をよくふき取ってからの方がいいとわかっていながら、その手間を惜しんでドライヤーを〝強〟にして髪に当てた。

最近買い替えたので前のドライヤーに比べると随分静かだ。ただ、髪の長さがある分、ある程度乾かすためにはどうしても時間はかかる。

本当は歓迎会で専務に声をかけられたとき、センプレのファンだということを伝えたかった。あんなに淡々とした言い方ではなく、魅力についてちゃんと話したかった。

専務と直接話すなんて千載一遇のチャンスだ。それでも初めて会ったときの自分の立場を思い出すと、私はああいった無関心な態度しか取れなかった。

ティエルナの大ファンとしてあそこにいた私を、専務は覚えているわけがない。それどころか存在を認識さえしていなかったと思う。でも万が一ということを考えたら、私はなにも話せなかった。

結局は全部杞憂《きゆう》だったとはいえ、これでよかったんだ。

まだ湿っぽさが残っている髪を手櫛《てぐし》で軽く整え、ドライヤーを止めて鏡の中の自分を見つめる。眼鏡は仕事のときと車を運転するとき以外はかけていない。元々、そんなに視力は悪くないから。

鏡の向こうにいる自分を客観視する。すっぴんというのを差し引いても、ぱっと目を引いて印象に残るような顔立ちじゃない。けれど、これでいい。

私はエキストラだ。主役じゃない。その場でだけ、依頼者の望む人物になりきって群衆に溶ける。次に会ったときには覚えられていないくらいでいい。

そそくさとバスルームを後にした。自室に戻ってからエアコンの電源を入れて、あまり使わないジュエリーボックスをそっと開けてみる。

自分でいくつか買って集めたセンプレのアクセサリーたち。見ているだけで癒《いや》されるのはこの天然石のおかげなのか、自然と頬が緩む。

ただ、あまり身につけることができないのはもったいない気もするな。なかなか思いきってつける機会もなくて。

歓迎会で私が選んだのは、サファイアのネックレスだ。自分の誕生石ということもあって、深い青はどこか心を落ち着かせてくれる。専務に言われたからというわけではなく、自分の意思でこれだけは毎日身につけている。

意識せずとも肩を軽くすくめた。明後日のイベントは、先方が用意してくれたティエルナのアクセサリーをつけていかなくては。

ポイントは、見るからに目立つものをつけながらも、新作は決してつけていかないこと。相手に新作を勧めさせ、周囲にアピールさせなくてはならないから。

ミーテやセンプレのブースとは離れていることを願う。といっても、ああいうイベントを担当する部署の人たちと私は、ほとんど面識がない。だから大丈夫だ。

モヤモヤと立ち込める不安を払いのけたくて、頭を軽く横に振る。不意に飛んだ滴《しずく》が頬に当たり、少しだけ冷たかった。

段取りは前回と同じだ。基本的に私は企業ブースの並ぶグリーンホールで、他ブースも回りながら、不自然ではないようにティエルナの前で興味津々《しんしん》のファンを演じる。本物の客の動向を探りながら、その人たちの邪魔にはならないように。

会場はエアコンが壊れているのではないかと疑うほど、すごい熱気に包まれていた。掌《てのひら》にじんわりと汗が滲《にじ》む。

前も来たことがあるにもかかわらず、私はいつになく緊張していた。今日は化粧も念入りにして眼鏡はかけていない。

さらには、いつも後ろでひとつに纏《まと》めているだけの髪も緩く巻いて、今どきの女性を演じる。服装だって、プライベートでは着ないような膝丈のワンピースに淡いブルーのカーディガンを羽織って、それと色を合わせたパンプスという組み合わせだ。会場を訪れている客層に紛れるには、これくらいでちょうどいい。会社での私しか知らない人に見られても、きっと気づかれない。

それにしたって、なにをこんなにも意識しているんだろう。

ミーテの社員に会うことを？

でも、会社での私の知り合いの数はたかが知れている。

とはいえ下手に視線を送るのは、かえって目立つ。パンフレットでミーテやセンプレのブース位置を確認して、そちらには意識を向けないよう仕事に徹した。

そしてステージイベントが間もなく開始されるというアナウンスが会場に流れ、ホッと胸を撫《な》で下ろす。

私の仕事はここまでだ。今回はステージまでは付き合わなくてもいいと言われているから。

徐々に人の流れがステージに向かい始めたので、一緒に来ていたエキストラの彼女に目配せをして、ティエルナのブースからそっと離れようとした。

「ねぇ、今回もミーテのイケメン専務来てるよ！」

「え。じゃあ、またステージで拝めるかな？　かなりの男前だったよね。ショーそっちのけで、ものすごく記憶に残ってるし」

「じゃない？　センプレの新作もいいよねー。早く行こう」

なにげなく通りかかった女性ふたり組の会話に、思わず固まる。専務が来ていることは想定内だ。でも今日は見かけてもいないし、ショーも観なければ、何事もなく終われる。

それなのに動揺は私の体を瞬く間に駆け巡り、会場が揺れているかのような感覚になる。

早くここを後にしよう。

ティエルナのブースを背に、出入口の方を向いたところで、見覚えのある顔が視界に映る。人混みでも、離れていてもわかる。

だって彼は非常に目立つ人だ。オーラが違うというか、近寄りがたい雰囲気を纏う一方で、彼の周りにはいつも人が溢《あふ》れている。

高瀬専務――。

弾かれるように私はその場を駆けだした。ところが思うように足が進まない。

人の流れに逆らうって、こんなにも難しいことだったの?

「すみません」と謝罪の言葉を繰り返しながら、人波を掻《か》き分けていく。

見つかってしまった。たった一瞬、一秒にも満たない。でも目が合ってしまった気がする。彼の強い眼差しに捕まってしまった。〝あのとき〟と同じだ。

心臓が早鐘のように打ちだして苦しくなる。足がもつれそうになりながらグリーンホールの外に出た。

大丈夫だ、バレていない。

周りからずれた行動は、かえって浮いてしまう。それでも私はあれ以上会場にいることが、彼と同じ空間にいることができなかった。

息を整えて廊下を突き進む。他の企画をしているホールに移ることも考えつつ、不自然にならない程度の早足で、イベントが行われていないホール前に足を進めた。

ひとけがなくなったところでようやく立ち止まり、大きく息を吐く。完全に油断しきっているところに、突然背後から手を掴《つか》まれて、驚く暇もなく強い力で引かれた。

続けて廊下の壁に背中を押しつけられ、無機質な感触を背に顔を上げると、目の前には予想だにしていなかった人物がいた。

「どういうことだ？　どうして君がここにいる？」

「高、瀬専務……」

大きく目を見開き、私は愕然《がくぜん》とした。

整った顔で、やや息を乱してこちらを見下ろしている。彼の左手は私の手首をしっかりと握り、右手を壁についている。まるで獲物を追いつめたかのような格好だ。漆黒の瞳から、私はわざとらしく視線を逸らした。

「どうして、って、個人的に興味があって来たんです」

「随分ティエルナに入れ込んでるみたいだな」

間髪をいれずに不機嫌そうな声が飛ぶ。

今の私の格好を見れば一目瞭然だ。けれど、それでいい。私はティエルナの大ファンで、今日は個人的にここに来たんだ。

「ええ、好きなんです。いけません？ミーテは社員の個人的な嗜好《しこう》にまで口を出すんですか？」

わざとらしく挑発めいた言い方をする。社員としての自覚は足りないかもしれない。

でも、私はなにも悪いことはしていない。しかし専務は厳しい顔をしたままだった。

「個人的に来てるなら、なにも言わない。だが、君が企業スパイの可能性もあるだろ」

なるほど、そっちか。

彼と初めて会話したときに、よどみなくセンプレについて語ったことを後悔した。

興味がない、とひとつも身につけていないくせに詳しすぎるのが、逆に不信感を抱かせたらしい。あれから彼と目が合ったりしたのは、そういうことだったのかと納得する。

彼は私に変な疑惑を抱いていたんだ。

それを跳ねのけるように私は嘲笑《あざわら》った。

「買いかぶりですよ。私はただの契約社員です。扱うのも会社の機密事項とはほど遠い事務作業がほとんどですし」

言い終わってから顔を背けて、ぶっきらぼうに言い放つ。

「もうすぐショーが始まりますよ。新作の説明をしなくていいんですか？」

「今回は違う担当者が行う予定だ」

端的な答えが返ってきて、沈黙が降りてくる。平然を装いつつも心音がうるさくて、比例するように脈拍も速い。掴まれている箇所が熱さを伴って痺《しび》れてくる。込められた力強さに戸惑いが隠せない。

なんとかここを切り抜けないと、と思ったところで、口火を切ったのは専務の方だった。

「べつに隠さなくていい。ティエルナがサクラを雇って自身のブースに人を集めるようにしているのは知っている。まさか君もだったとは」

疑問形ではなく断定形で話す専務の言葉に、少なからず狼狽《うろた》えた。ポーカーフェイスを装いながらも、必死に否定するのも得策ではないと判断する。

私はうつむいた状態で、やや早口で捲《まく》し立てる。

「専務がそこまで思い込みの激しい方だとは知りませんでした。ミーテの社員が他のブランドに夢中になっているのは面白くないでしょうし、申し訳ないとは思いますけど、私はそんなものではありませんよ」

「君はうまいな。でも数がいれば下手な人間も出てくる。不自然さもだ」

わずかに眉を寄せる。

専務の指摘はその通りだ。前回に続いて、今回もそれなりの人数を要求されたため、代行業に慣れていないスタッフも何人かいた。

これは今後の課題だな、と心に留めておく。でも今はそれどころじゃない。

返事を悩んでいると、なにも言わない私に痺れを切らしたのか、専務の長い指が顎にかかり、強引に上を向かされた。至近距離にある彼の顔に、思考が停止する。

「本当のことを話してくれないか？　このままだと、なにかしら理由をつけて契約を切るぞ」

まさかの脅《おど》し文句に心が揺れる。

これ以上、取り繕ってもきっと意味はない。専務は確信を持っている。だから、こんな横暴とも取れる強気なことを言ってくるんだ。

せっかく大好きなセンプレ、ひいてはミーテで働くことができたのに。契約社員とはいえ、義理立てするのはどう考えてもこちらの方だ。ここまで来てティエルナへの恩も義理もない。けれど――。

「どうぞ。契約を切るなら切ってください」

静かに私が答えると、専務は大きく目を見張った。私はしっかりと彼に目線を合わせる。

「会社愛もなく、紛らわしい真似《まね》をしてすみませんでした。事実はどうであれ、不信感を抱かせてしまいましたし、いつでも契約は切ってください」

腕の力が緩んだのを感じて、軽くお辞儀をしてから、専務の視線を背中で受けて逃げるようにその場を去った。

専務は追いかけてこないし、なにも言わない。今、彼がなにを思って、白分にどんな視線を送っているのか想像できないし、したくもない。

これでいい。私の判断は間違っていない。

必死に言い聞かせながら、今日のことをどう両親に報告しようか、と頭を抱えて重い足取りで家路についた。


怒涛《どとう》の週末を終えた月曜日。仕事をこなしながらも、私の気持ちはずっと沈んでいた。言うまでもなく昨日の専務とのやり取りが原因だ。

専務はどこまで本気なんだろう。ここをクビになったら、次はどこに行こう。でもきっと、どこに行っても一緒だ。決められた範囲で決められた仕事をすればいいだけ。そこに過度な期待も不安も持つ必要はない。

「企画事業部のスタッフから聞いたんだけど、昨日のイベント、うちのブースは相変わらず大盛況だったたって」

心の中で問答を繰り広げていると、斜め向かいに座る先輩社員たちの話がふと耳に入ってきた。

「一昨日《おととい》の企業向けの方でも、数社と新たな契約を結んだらしいし、ますます忙しくなりそうね」

「これがボーナスにちゃんと反映されたらいいんだけど」

そう言って彼女たちは笑い合う。

自社の業績が伸びるのは、やはり社員としては嬉《うれ》しいことだ。そう考えると自分の昨日の態度は、事情があるとはいえ、やはり不躾《ぶしつけ》なものだったと反省する。

「でも、昨日のステージでの新作紹介、専務じゃなかったんだって」

「えー、もったいない。あれも目玉のひとつでしょ」

そこで専務の話題になったことで、私はキーボードを打つ手を止めた。

「ただでさえ目立つし、嫌になったんじゃない？　なんでもステージが始まる前にどこかに行っちゃったらしいし」

「専務って浮いた話を聞かないけど、彼女とかいるのかしら？　なんか、婚約者がいるって、噂《うわさ》レベルなら聞いたことがある」

「そうなの？　でもああいう人は、どっちみちそれなりの人と結婚するんじゃない？　それでもまだ独身でいてほしいって願ってる女子が、私たちを含め多いとは思うけど」

「確かにね」と、もうひとりの先輩が笑いながら同意したところで、彼女たちは再び仕事に戻った。

会場から消えた彼と私が会っていたなんて、誰も思わないだろう。私だっていまだに現実味がない。

それなのに、ふと左手首に視線をやれば、昨日専務に掴まれていた感触がありありと蘇《よみがえ》ってきて、なんだか言い知れぬ恥ずかしさが襲ってきた。

それを振り払うように軽く頬に手を当て、気持ちを切り替える。とにかく今は目の前の書類を片づけることに専念しよう。あれこれ考えてもしょうがない。

私は営業部からの依頼で回ってきた、過去二年分の決算書を作成し始めた。

ご依頼の手順と料金は一律です

今日は水曜日で、今週も残すところ半分となった。いつも通り定時で上がり、外に出ると、社内との温度差に眉をひそめる。同じ暑さでも湿度がもう少し低ければ、きっとここまで不快ではないんだろうな。

家に帰って、まず電気をつけて明かりを灯す。両親は仕事のため不在で、今はこの家には私しかいない。父は出張で、母は事務所に在籍するタレントのロケに付き合っている。

両親がいないからといって困る年齢でもないし、こんなことは昔からよくあった。適当に夕飯を済ませようと台所に向かい、冷蔵庫の中を眺める。

今からご飯を炊くのも面倒だから、パスタにしよう。素麺《そうめん》はこの前も食べたし。味つけは醤油《しょうゆ》ベースの和風にして、冷蔵庫にあるきのこや野菜を入れることにする。換気扇を回してお湯を沸かそうとしたところで、突然インターホンが鳴り響き、あまりの不意打ち具合に心臓が口から飛び出そうになった。

鳴ったのは自宅ではなく事務所の方だ。中で繋がっているので、火を止めて事務所に向かう。

今日は打ち合わせもなにもなかったはずだよね……。

誰だろう、と訝《いぶか》しがりながら、モニターで来客を確認する。

するとそこには思ってもみなかった人物が映っていたので、驚きを通り越して私は自分の目を疑うしかなかった。

しばらくその場を動けずに、居留守を使うかどうか真剣に悩む。そして最終的には、おそるおそる事務所のドアを開けることにした。

「突然悪いな」

そう告げる相手からは、悪いと思っている気配は微塵《みじん》も伝わってこない。

外は日が落ちたとはいえ、まだ暑さが残っている。なのに彼は、会社からドアひとつでやってきたかのように汗をまったくかいておらず、いつもの涼しげな表情だ。

「高瀬、専務……」

確認するように私は彼の名を呼んだ。

この前と変わらない、深い色を宿した黒い瞳が私を映す。どうやらこれは夢ではなく現実らしい。

電気をつけてから、事務所の中に彼を招き入れ、来客用のソファに腰かけてもらった。眠っていた事務所を起こすように、エアコンを入れたりコーヒーメーカーをセットしたりと目まぐるしく動き回る。

専務は事務所内に視線を飛ばしながらも、なにも言わないので、私は立ったまま話を切り出すことにした。

「あの……契約解除を伝えるために、わざわざ自宅まで来てくださったんですか？」

「俺はそこまで暇じゃない」

きっぱりと否定され、その場にたたずむ。目をぱちくりさせながら専務を見ると、とりあえず座るように促された。これではまるで、どちらが事務所の人間なのかわからない。

机を挟んで、専務の前におずおずと腰を落とす。

「鈴木美和」

タイミングを見計らったように、いきなり専務にフルネームを呼ばれ、居住まいを正した。彼が私の名前を知っていたのが意外だ。それとも調べたのか。

なにはともあれ、専務の落ち着いた声で名前を呼ばれただけで体が熱くなる。さらに彼は私の目をまっすぐに見て、ゆっくりと口を開いた。

「君が欲しいんだ。そのために俺は今日、ここに来た」

……さっきは自分の目を疑い、今度は自分の耳を疑う。甘さを伴っていないにもかかわらず十分に熱っぽく、それでいて、言葉を発した専務の表情は崩れない。

瞬《まばた》きひとつできず固まっている私に、専務は息を吐きながら、スーツの内ポケットからあるものを差し出してきた。ひらりと机に置かれた、お札よりもひと回り大きいサイズの紙一枚。状況に頭がついていかない。

「これは、どういうことでしょうか。高瀬専務？」

不審に思いながら尋ねた。専務は眉ひとつ動かさない。

「言っただろ？　君が欲しいんだ。いったい、いくら必要だ？」

小切手に記された金額は見たこともない桁数だった。どこまで本気なのか。

怪訝《けげん》な顔でじっと専務を見つめる。

「専務は、なにをなさりたいんですか？」

「そうだな、とりあえず笑ってみてくれないか？」

「はいっ⁉」

彼の真意がまったく読めない。

なにこれ。冗談？　新手の嫌がらせ？　うちはスマイルゼロ円はやっていないんだけど。

「ティエルナには、いくらもらったんだ？」

「は？」

さらなる質問に、相手が専務ということも忘れて素で返した。けれど彼はどこまでも冷静だ。

「あれだけ義理立てするくらいなんだから、相当な額をもらってるんだろ？」

その声には、かすかに軽蔑の色が込められていて、私は下唇をぎゅっと噛《か》みしめた。

「専務には関係ありませんよ」

精いっぱいの低い声で言い捨て、立ち上がり、その場を去ろうとした。しかし専務の発言がそれを阻む。

「あるさ。俺は君を買いに来たんだから、金額は知っておきたい」

今度は目を瞬《しばた》かせながら専務を見下ろす。彼はゆっくりと顔を上げて、私としっかり目を合わせてきた。

「ここは芸能事務所でもあり、代行業もしてくれると聞いたんだが」

「そう、ですけど……」

嘘《うそ》をつくわけにもいかず、仕事のことを言われると自分の判断で無下にすることもできなかった。

まさかセンプレもティエルナと同じようにエキストラを雇いたいの？

コーヒーができたのか、かすかにいい香りが部屋に漂ってくる。そういえば、夕飯もまだ食べていなかった。

専務に断りを入れてから、せっかくなのでコーヒーを淹《い》れることにする。

こうなったら来客用のお菓子をつまもう。それくらいしたってばちは当たらないはずだ。

仕事と聞いて、変な話、私の気持ちは幾分か楽になり、冷静さを取り戻すことができた。

「婚約者の代行をしてほしいんだ」

「婚約者、ですか」

カップを専務の前に置いていると、彼は唐突に依頼内容を告げた。

「あまり驚かないんだな」

「まあ、そういう話はありますから」

私の反応に、逆に専務が意外そうな顔になる。私は奥の棚から分厚い青のファイルを二冊取り出し、専務の前に再び腰を落とした。

「どういった内容で婚約者が必要なんです？」

すっかり仕事モードのスイッチが入り、ペンをかまえる。専務はどこか複雑そうな顔をしながらも事情を説明し始めた。

「今月末、宝石や貴金属などを含めた、大規模なアクセサリーの国際見本市《エキスポ》が行われるのは知ってるだろ」

「ええ」

一応、業界関係者としては知っている。一週間を通して開催されるアクセサリーの国際見本市は、世界中の有名メーカーなどが参加し、それを目当てに言うまでもなく参加者も世界各国から訪れる。

参加すること自体、国内の企業としては名を上げることになり、重要度はこの前のイベントの比ではない。今年は日本で開催されることになり、うちの会社もなにかしら噛んでいるとは聞いていた。

「なら、その見本市のスポンサーが『アラータ』だというのは？」

「聞いてはいます。ただ、内情については曖昧ですけど……」

畳みかけるような専務の質問に、私は正直に答えた。アラータは何世紀も続くイタリアの老舗《しにせ》アクセサリーブランドだ。何世代前からか大の日本贔屓《びいき》で、今回のスポンサーの件も、他国で行うのにもかかわらず自ら申し出たという話だ。

「アラータとうちは創業者の関係もあって、前々から付き合いがあるんだ。そういうことを含め、うちは今回はゲストとしても呼ばれている。本当は社長が夫婦で行くはずだったんだが、諸事情で行けなくなって、代わりに俺が参加することになった」

「なるほど。しかし、どうして婚約者を?」

「ひとりで行くといろいろと面倒なんだ。しかも今回はただの見本市じゃない。アラータの社長が全体的に盛り上げようと、繋がりのある企業との交流の場なども企画しているらしいんだが、仕事だけ顔を出してそれらの誘いを無視するわけにはいかないだろ」

言葉通り、専務は面倒くささそうに告げた。

専務の容姿や肩書き、さらに独身とくれば、我こそは、と手を上げる人物はきっと少なくない。本人ではなくても、業界関係者が多く集う中で、『うちの娘を』『孫はどうか』などというのはお決まりのパターンだ。専務としても、仕事絡みの相手なら、理由もなく邪険にするのも難しいのだろう。

だからって、婚約者の代役を用意させるほどとは。

そういった類《たぐい》の発言はすべて呑み込み、私はカレンダーを確認して日程を確かめながら、ファイルをパラパラとめくる。思ったより時間がないのが厳しいところだけれど、無理な話じゃない。

「わかりました。では、婚約者役としてどういった女性を希望されますか？　年齢や容姿などありましたらおっしゃってください。スケジュールなどを調整し、条件に合いそうなスタッフを何人かこちらでピックアップしますので……」

「その必要はない」

「え？」

いつもの調子で話を進めていこうとしたところで、リズムを崩される。ファイルから専務に改めて視線を移すと、整った顔を不快そうに歪ませていた。

その顔も迫力があって、私は反射的に背筋を正す。専務とはいえ、面と向かってこの距離は、会社でもまずないシチュエーションだ。

「何度言わせるんだ。俺は君が欲しいんだ。他の人間はいらない」

専務の声に込められた感情を推し量ることはできない。でも、言われた言葉を素直に受け取ると、私の体温は勝手に上昇した。ついでに、今までおとなしかった心臓も急に存在を主張し始める。

え、いや、ちょっと待って！

ショートしそうな頭を懸命に働かせて、落ち着きを取り戻そうと躍起になる。

今の言葉を額面通りに受け取っては駄目だ。

上擦《うわず》りそうな声の調子を、一度唾液を飲み込んで整える。

専務はエキストラとしての私の実力を買ってくれているだけ。ものすごく皮肉な話ではある。

「あの、ご心配なく。ちゃんと実力のある経験豊富な者を用意しますから。不安はあるかもしれませんが、実際に会って、納得がいくまで話してから判断していただいてもかまいませんし」

エキストラを依頼する、ということは一般的ではなく、堂々と人に言えることでもない。だからこそ、最初からこちらを信用してくれというのも無理な話だ。神経質になる依頼者が多いのも、私は知っていた。

しかし専務はさらに眉を寄せて、鋭い視線をこちらに送ってくる。

「業界のこともそれなりに知っていて、仕事の都合もこちらでつけられる。君以上の適任はいないと思うが?」

「お気遣いありがとうございます。でも、そういったことも含めての適任者を用意しますから、こちらをもう少し信用していただけませんか?」

捲し立てるように告げると、肩が重くなるような空気が沈黙とともに事務所を包む。

先に視線をはずしたのは専務で、目を閉じて長い息を吐いた。

「どうしてそこまで嫌がる？」

怒っているというより、理解不能という感じ。おかげで私は、自分が悪いことをしたような気持ちになってくる。そこで、口から出たのは、どうも言い訳めいたものになった。

「嫌がっているわけではありませんが……」

そう。嫌とかそういう問題ではない。いくら化粧をして取り繕っても、専務の婚約者を代行するなど、私には分不相応すぎる。

うちにはもっと美人で華のあるエキストラも所属している。適材適所という言葉をこの人だって知っているだろうに。

「なら、なにが問題だ？」

ところがそのようなことはまったく思いもしないのか、まっすぐに尋ねてくるので、私は言葉に迷ってしまった。

「……専務は、どうしてそこまで私にこだわるんですか？」

さっきまでの仕事モードでの対等なやり取りはすっかり影をひそめ、私個人として専務に尋ねる。自然と声も小さく低姿勢になる私を、専務はじっと見つめてきた。

「理由がはっきりしたら引き受けてくれるのか？」

「まあ、内容次第では……」

なぜ依頼を受ける側がこんなにも萎縮《いしゅく》しているのか。

すると専務は上着の内ポケットから一枚の写真を取り出し、机の上に置いてきたので、私は不思議に思いながら覗《のぞ》き込んだ。

そこには私の知らない若い女性が写っていた。こちらに向かって満面の笑みを浮かべてピースをしている、ひとことで言い表すなら美人だ。ストレートの髪は肩で切り揃《そろ》えられ、サラサラ具合が写真を通しても伝わってくる。明るめの茶色い髪が、色白の彼女にはよく似合っていた。年は私と同じくらいか、やや下か。

「この方は？」

「本当は彼女に同行を頼むはずだったんだ」

専務の方に身を乗り出していた私は、思わぬ発言に目を剥いた。そして自分でも驚くほど激しく心が揺さぶられた。

どうしてこんなに衝撃を受けているんだろう。彼に女性の存在がいるのは、おかしいことじゃない。先輩たちだって話していたし、むしろ当然のことだ。

動揺する私にかまうことなく、専務は淡々と話を続ける。

「彼女の名前は鈴木美弥《みや》。社長は彼女を連れてけと言ったんだが、あいにく、忙しいのか捕まらないんだ」

「鈴木、美弥さん?」

確認するように名前を復唱する。すると専務は肯定の意味を込めて、軽く頷《うなず》いた。

「そう。君と名前が似てて、しかも一字違いだ。ちょうどいい」

なにがちょうどいいのか、まったく理解できない。その疑問が顔に出ていたのか、専務は内容を補足してきた。

「手続きの関係で、国際見本市に参加するには身分証が必要になってくる。偽名は通用しないし、情報を偽るわけにはいかない。信用問題にも関わってくるからな」

だったら、この話は最初から破綻している。婚約者の代行自体が難しい。

そう答えようとしたところで、専務がさらに先を続ける。

「だから君は本名の〝鈴木美和〟で参加してくれたらいい」

ようやく彼の言わんとすることが見えてきた。つまり、個人情報は偽装できないけれど、彼の婚約者である鈴木美弥さんと私がたまたま漢字が一字違いで、『みわ』と『みや』で響きも似ているから、私を彼女にして嘘をつき通そうということらしい。

「婚約者として美弥のことを何人かに話したことはあるんだが、こういった場には連れていったこともないし、関係者に会わせたこともないから大丈夫だろ。尋ねられたら、俺から適当に話しておく」

「無茶苦茶です！　私は美弥さんと全然似ていませんし、仮に今回はしのげたとして、今後専務が美弥さんと一緒になったとき、ここで会った人たちに、なんて説明するんです？」

「ほんの短時間、一度や二度しか軽く会ったことのない人物をそこまで正確に覚える人間は少ない。今回は外国企業の参加も多いし、万が一覚えてたとしても、いくらでも取り繕える」

「だからって……」

「なにも一週間すべてに付き合う必要はない。関係者への関連イベントで顔を出さないといけないものは、最初に集中している。だから三日間でかまわないんだ」

私は言葉に詰まった。専務に言われたことで少しでも舞い上がってしまった自分に腹が立つ。なにを期待していたんだろう。最初から最後まで、これはビジネストークだったのに。

そもそも専務は私自身のことは信用もしていないし、むしろ嫌っている。それはこの前のやり取りで十分に身に染みたはずだ。

「美弥さんは、専務の本物の婚約者さん……なんですよね？」

「仲のよかった親同士が勝手に決めたことだけどな。でも、こういうときに利用しない手はない。それに今回の件はこちらでうまく根回しをしておくから、そちらが心配することはなにもない」

他者になりきるという、こういった仕事では、後々のトラブルを避けるために契約書をきちんと交わす。ただ、そういったこと以前に、私は美弥さんの存在が気になっていた。

「それで、理由がはっきりしたところで引き受けてくれるのか？」

話が戻り、急《せ》かすような問いかけに答えが見つからない。どうすればいいの？

手に持っていたファイルをぎゅっと握りしめた、そのときだった。事務所のドアが開く音がして、私の意識も顔もそちらに向けられた。

「やっほー。彼女を無事に口説き落とせた？」

突然現れた人物に目を見張る。スーツを着て眼鏡をかけた、まさに〝美青年〟という言葉がぴったりの男性がそこにいた。

柔らかい口調と笑顔。それでいて、頭と育ちのよさがひと目で伝わってくる。専務よりも幾分か若い感じがするのは、彼の温和な雰囲気もあるのだろう。

「幹弥《みきや》」

専務が呆《あき》れたように彼の名を呼ぶ。呼ばれた彼は無遠慮に、かつ優雅に私たちのソファまで歩み寄ってくると、私に視線をよこして微笑《ほほえ》んでくれた。

「初めまして、桐生《きりゅう》幹弥です。夜分に突然ごめん」

「どうしてここに？」

すかさず口を挟んだのは専務だ。

「一樹くんひとりだと絶対にうまくいかないと思って、助けに来てあげたんだよ。やっぱり苦戦してるんでしょ？」

「余計なお世話だ」

ぶっきらぼうに告げる専務を尻目に、桐生さんはテーブルに置かれた美弥さんの写真をひょいっと持ち上げた。そして、こちらに笑顔を向けてくる。

「無理なお願いをいきなりごめんね。これでも彼、本当に困ってるんだ。正規料金の倍以上を払ってもかまわないから、どうか妹の代役としてこの話を受けてくれないかな？」

「妹？」

あっけらかんとした口調の中で一番気になったことを尋ねると、専務がそれを引き継ぐように口を開いた。

「彼は桐生幹弥。家庭の事情で名字は違うが、今話した鈴木美弥の実の兄で、『桐生建設コーポレーション』の社長の孫だよ」

「え、あの⁉」

反射的に私は声をあげた。桐生建設コーポレーションといえば、総合建設業の国内最大手だ。国民の誰もが知る上場企業で、最近ではCLT建設の促進に力を入れていて、さらに注目を浴びている。

CLT建設は欧州で開発された技法らしく、日本ではまだそれほど馴染《なじ》みはない。CLTパネルという木材を使用した建築方法で、断熱性や耐震性に優れていて、なにより国内の木材需要を高める効果が期待されていると、なにかの特集で見た気がする。

「知っててくれて嬉しいな。そう、正真正銘の御曹司様だよ」

「自分で言うな」

笑顔の桐生さんにすかさず専務が横やりを入れたが、そんなすごい人が今、自分の目の前にいることがにわかには信じられなかった。専務だって十分にすごい人だし、改めて今の状況を意識すると体が強張《こわば》る。

「あんまり硬くならなくていいよ。一樹くんより俺は四つ年下なんだけど、親同士が仲がよくて昔から知ってるんだ。美和ちゃんは、いくつ？」

「今年で二十五歳になります」

「妹のひとつ年下か。ちょうどいいじゃん。よし、美和ちゃんは特別に俺のこと、ミッキーって呼んでもいいよ」

「お、お気持ちだけで十分です」

すごい。桐生さんはどこまでもマイペースを貫きながら、有無を言わさずこちらをどんどん巻き込んで、気づけば話の主導権を握っている。いつの間にか私もちゃっかり名前で呼ばれているし。

「それで、一樹くんの依頼は引き受けてくれるのかな？」

その勢いで、畳みかけるようにして核心に触れてくる。彼の笑顔はどこか、首を横には振らせない圧があった。私はそこで視線を専務の方に戻す。

「もし私がお断りすれば、専務は……困るんですか？」

「困るな。俺には君が必要なんだ」

迷いのないもの言いに、こちらが動揺しそうになる。ぐっと体に力を入れた。

「……わかり、ました。詳しいお話を聞いて、こちらとの条件が合えば……お引き受けします」

仕事でもほとんど関わったことがない専務と、まさかエキストラのクライアントとして契約するとは。ましてや婚約者役など、どうすればいいんだろう。

ただ本物の婚約者と名前が似ているから、というだけで私を指名したようだけれど、こっちは気楽にかまえるわけにはいかない。

でも私の返答に対して、桐生さんの明るい笑顔よりも、専務のどこかホッとしたような顔の方が目に焼きつく。

断らなくて正解だったのかもしれない。心のどこかでそう思えた。


翌日、改めて両親に話を通し、正式に専務からの依頼を受けることになった。専務が差し出してきた小切手はあの場で丁重にお返しして、うちの事務所の規定に則った料金を提示した。

今までさまざまな要望を受けてエキストラをしてきたが、今回はどうも手強そうだ。両親も最初は少しだけ難色を示した。それでも私が口添えしたのもあって、最終的に引き受けることになった。

こうなってしまっては後には引けないし、私も覚悟を決めることにする。というわけで、まず私がしなくてはならないのは……。

「さあさあ美和ちゃん。なにを食べる？　あ、苦手なものとかある？」

場に似つかわしくないハイテンションで桐生さんが声をかけてくれる。濃紺のスーツに細めのネクタイをびしっと決めていて、細いフレームの眼鏡が彼によく似合っていた。

「特に、ないですけど」

緊張のあまり、私は膝の上で握り拳をふたつ作って身を縮めながら答えた。桐生さんは口角を上げっぱなしで楽しそうにしている。猫みたいな人だ。

「緊張しなくてもいいよ。個室なんだし、楽にして」

「なんでお前が仕切ってるんだ」

桐生さんとは対照的な、専務の苦々しい低い声が間に入った。

「だって一樹くんだけだと、絶対に話が進まないと思って。ほら、一樹くんがずっと怖い顔をしてるから、美和ちゃんが萎縮しきってるよ」

そこで専務の視線が私に向いたので、慌てて首を横に振った。

「いえ、あの、違います！　……すみません、こういう場所に慣れていないもので」

言葉尻を濁しながら答えた。

私と専務と桐生さんの三人は今、雑誌やテレビで話題の新しくできた高級フレンチレストランに来ている。正確には、私は〝連れてこられた〟という方が正しい。

確かに『何回か打ち合わせをしたい』とお願いしたのはこちら側だ。だからって、どうしてこんなところに。

しかもここは、半年先まで予約が埋まっていると聞いていたので、目の前の男性ふたりが自分とは住む世界が違うのだと、ありありと実感させられる。

丸テーブルに座って、私の右側に桐生さん、左側に専務という並びだ。さっきから場違いすぎなのと、この面子《めんつ》もあって、私は冷や汗をかきっぱなしだった。ワインを選ぼうとしている桐生さんと専務の会話も正直、外国語に聞こえる。

恭《うやうや》しくソムリエがワインの説明をしてグラスに注いでくれるのを、私はじっと見つめていた。コースの前にヴァンアミューズ、アミューズブーシュと呼ばれるものが運ばれてきた。

美味《おい》しそう！と思う前に、マナーのことばかりがぐるぐると頭の中で回る。

「あ、そうそう。美和ちゃん、これ、頼まれてたものを持ってきたよ」

「ありがとうございます」

桐生さんが思い出したようにバッグから小さなファイルを出してきたので、素直に受け取る。頼んでいたのは美弥さんのできるだけ新しい写真数枚と、簡単な略歴だ。その場で確認するように眺める。

専務から写真を見せてもらったときも思った。やっぱり美弥さんは美人だ。こうして見ると、兄の桐生さんにもよく似ている。スタイルもよく、丸くてくりっとした愛らしい瞳は男女ともに魅了しそうだ。

こんな人の代わりを、私が果たして務められるんだろうか。

そこで私は頭を軽く左右に振る。

外見はどうしようもないとして、せめて美弥さんの中身は把握しておかなくては。

仕事モードに頭を切り替え、美弥さんのことをふたりに尋ねた。答えてくれるのは主に兄である桐生さんの方で、専務はときどき補足するように口を挟む、といった感じだ。

語られるエピソードから、お互いに幼い頃から親しみを持っていて人柄をよく知っているのが伝わってくる。美弥さんの話を聞きたいと思う一方で、専務の口から彼女の話を聞くと、なぜだか少し複雑だった。

もしも今この場にいるのが私ではなく美弥さんだったら、会話も弾むんだろうな。

当たり前か、と自分を納得させながら、気になったことをさらに質問する。

「ちなみに、美弥さんは専務のことをなんと呼んでいらっしゃるんでしょうか？」

「俺と同じで〝一樹くん〟って呼んでるよ」

答えは桐生さんからあった。

「なるほど」

「え、なに。美和ちゃんも〝一樹くん〟って呼んでみる？」

からかい交じりの桐生さんに、私は真面目な顔で返す。

「そう……ですね。でも婚約者とはいえ、仕事の付き添いでエキスポに行くわけですから。……専務、エキスポの間は、名前にさん付けで呼ばせていただいてかまいませんか？」

「好きにしたらいい」

端的な返事に、ついむっとしてしまった。

依頼をしてきたのは専務の方なのに、なんだか私ばかりが必死になっている気がする。専務としては、この依頼自体が不本意なものかもしれない。私のことをよく思っていないのも知っている。

そんな次々に湧いてくる雑念を払いのけた。

「はい。一樹さん」

頬を引きつらせつつ、精いっぱいの笑顔を作って彼の名を呼んだ。これはあくまでも仕事だ。そのつもりで。

ところがそれに対し、専務がなぜか私の方にじっと視線をよこしてきたので、思わず狼狽えてしまう。

今呼ぶべきではなかったかも。不快にさせたかな。

瞬時に頭の中が不安でいっぱいになる。お互いに目を合わせた状態でいると、専務が形のいい唇を動かした。

「よろしく頼むよ、美和」

とんでもない不意打ちだった。少なくとも私にとっては。

さらっと、本当になんの躊躇《ためら》いもなく名前を口にされ、私の心は波打つ。

異性に名前を呼ばれることは初めてじゃない、特別なことなんかじゃない。専務だって美弥さんのことを呼ぶみたいに呼んだだけ。

自分に言い聞かせながらも、まっすぐ私の目を見て紡がれた名前は、彼の低い声によってとんでもなく特別なものになった。

「なに、この初々《ういうい》しい感じ。いーなー、新婚さんごっこ？　俺も交ぜて。美和ちゃん、俺のことも〝幹弥さん〟って呼んでみて」

桐生さんの明るい声が微妙な空気を元に戻してくれた。逸《はや》る心を抑えて、私も気が動転しているのを悟られないようポーカーフェイスに努める。これではどちらが役者なのかわからない。

とりあえず大まかなスケジュールや美弥さんの情報などを得て、当初の目的はなんとか果たすことができた。

「じゃあ俺、寄るところがあるからここで。美和ちゃん、またね。なにか他に聞きたいことがあったら遠慮なく連絡しておいで」

「ありがとうございます」

レストランを出て、桐生さんにお礼を告げる。外の蒸し蒸しとした空気はお世辞にも快適とは言えないけれど、先ほどまでの緊張感溢れる空間に比べたらまだマシだ。

タクシーに乗る桐生さんを見送り、専務とふたりになったところで、再度お礼を告げようと彼に向き直った。

「今日は悪かったな」

しかし先に口を開いたのは専務で、しかも内容が謝罪だっただけに、私は驚きを隠せなかった。

「あいつが勝手に段取ったとはいえ、随分緊張させたんじゃないか？」

「い、いいえ！　お料理、とっても美味しかったです。私こそ場慣れしていなくて、すみません」

仕事で失態を演じたかのごとく頭を下げる。すると専務はかすかに口の端を上げてくれた。

笑った、というほどでもない。でも、いつもの無愛想な表情よりもわずかに柔らかい。おかげで私はついその顔に見とれてしまった。そしてすぐ我に返る。

「今日はごちそう様でした。私もここでタクシーを拾いますから」

「美和」

慌てておいとましようとしたところで、またもや名前を呼ばれ、姿勢を正して専務の方を見た。

「今度の日曜日、用事がないならちょっと付き合ってほしい」

それはどういう内容で？と聞き返す前に、専務に「今回の依頼のことで」と付け足された。

「追加料金が必要なら払うが」

「いえ、大丈夫です！　打ち合わせは料金内なのでご心配なく」

ぶんぶんと首を横に振って説明する。

一瞬でも違う意味に捉えてしまった自分が恥ずかしい。名前を呼ばれたことで焦ってしまった。

これも全部仕事のうちだ。しっかりしなくては。専務にとってはそれ以上もそれ以下の感情も事情もない。もちろん私にだって。

「ありがとうございます。私も専務とふたりでお話ししたかったので」

今日は桐生さんがいて話が弾み、助かった面もあった。でもその分、専務と直接話す機会は少なくなってしまったから。彼の婚約者を演じるためには、もっと専務自身のことを知る必要があるし、話を詰めておかなくては。

そう思って言ったつもりが、私の返事に専務はわずかに目を丸くした。一瞬クエスチョンマークが頭の上に浮かび、すぐに自分の思い込みに気づく。

専務は、私とふたりで会う、とはひとことも言っていない。もしかしたらまた桐生さんも一緒かもしれない。

「もちろん、無理にふたりじゃなくてもかまいません。ただ、今日は専務とあまりお話しできなかったので、その……」

勘違いというより、思い上がっているとみなされるのが怖くなり、しどろもどろで否定する。動揺が体中に広がっていくと、それを止めるかのように、私の頭の上に大きな手が置かれた。

「美和が俺とふたりでいるのが嫌じゃないなら」

専務の大きくはない声がしっかり耳に届いて、周りの喧騒《けんそう》が一瞬にしてシャットアウトされる。

「嫌じゃない、ですよ」

違う。ここは『仕事ですし、お気遣いなく』と答えるのが正解だ。

なのにあれこれ考える間もなく、私は声に出していた。それを聞いて専務の手が私の頭から離れる。

専務こそ、私とふたりは嫌じゃないのかな。

ちらりと専務を窺うと、軽く手を上げてタクシーを止めている。運転手となにか言葉を交わしているのを見て、あまりの切り替えの速さに戸惑っていると、こちらを向いて私に乗るよう促してきた。言われるがままおとなしく後部座席に乗り込んでから、乗る気配のない専務に声をかける。

「専務はどうされます？」

「俺はすぐに他のタクシーを拾うし、一度会社に戻る」

ということは、これは私のために拾ってくれたらしい。お礼を言わなければ、となったところで専務が背を屈《かが》め、座っている私を覗き込むように目線を合わせてきた。

「美和、日曜日は十時半に家まで迎えに行く。今日はお疲れ。気をつけて帰れよ」

「……はい」

そこで専務が車から離れたので、ドアが閉められた。ぼーっとしていると運転手に行き先を尋ねられ、慌てて答える。女性ドライバーだったからか、嫌な顔はされずバックミラー越しに笑顔を向けられた。

「彼氏さんですか？　カッコイイですねー。羨ましい！」

「いえ、その……」

返答に困った。意識せずとも顔が熱い。

いやいや落ち着け。一応、専務の婚約者を演じるのだから、これくらいであたふたしてどうするの。彼だってそのつもりで私のことを名前で呼んだり、優しくしてくれたりしたんだ。

優しく……？

ふと思い留まった。専務にとってはこれくらいなんでもないことなのかもしれない。いちいち意識する方が間違っている。あの外見と地位からしても、付き合う女性に困ったこともないだろうし。なにより彼には素敵な婚約者がいる。

私はというと、付き合ったことがあるのは、今まででふたりだけ。しかしどちらも元彼にカウントしていいものか……程度の付き合いだった。手を繋いで一緒に帰るのが精いっぱいだった初々しい中学生の頃と、そして大学生の頃にもうひとり。自分の恋愛経験があまりにも乏しくて、慣れない扱いに戸惑ってしまう。その温度差は私自身の中でなんとかしないと。これは仕事なのだから。

それからは運転手の女性との雑談を楽しんだ。よく話す人で、ひとりで悶々《もんもん》とせずに済み、私も楽しい時間を過ごすことができた。そして家の前に停まり、料金を払おうとしたところで制される。

「大丈夫ですよ。さっきの男性からもういただいてます」

「えっ！」

「さらっとそういうことができちゃう男性って、なかなかいないですよ。素敵ですね」

お釣りを手渡してくれる彼女に、私はもうなんと答えていいのかわからなかった。

お風呂に入った後で、自室のベッドでどっと項垂《うなだ》れた。そして桐生さんから貸してもらったファイルをバッグから取り出し、丁寧にめくっていく。

改めて美弥さんの写真をじっくりと見た。桐生さんと同じくっきりとした目鼻立ちは意志が強そうで、それでいて上品さも兼ね備えている。正統派の美人だ。

サラサラの髪は女の私でも思わず触ってみたくなるほどで、癖っ毛な私としては本当に羨ましい。

「綺麗《きれい》な人……」

思わず感嘆の声を漏《も》らす。

経歴も申し分ない。有名私立の幼稚園から高校まで通い、出身大学も一流だ。在籍中は外国に留学もしていたらしい。私とはまるで違う。彼女との共通点は同性で名前が一字違いということ以外、なにも見当たらない。

こんな人の代わりができるのかな。美弥さんは私が専務の婚約者として代役を務めることを、どう思っているんだろう。

『うちの父親が心配性で、信頼できる一樹くんなら、って妹との婚約を勝手に取り纏めたんだ』と桐生さんは話していた。

向こうの深い事情まで汲《く》む必要はないし、むしろ立ち入るのは厳禁だ。これはあくまでもビジネスだということを忘れてはいけない。

私は気を取り直して、美弥さんの経歴や今日聞いた話などを必死に頭に叩《たた》き込んだ。

依頼者のことを知るのも仕事です

日曜日、私は約束の時間から逆算しても十分すぎるくらい早起きしていた。起きてからずっと落ち着かず、今は鏡の前であれこれ格闘している。

エキストラの仕事がある日だって、ここまで格好に気合いを入れたりしない。そんな私を見て「まるでデートね」と、洗面所にひょいっと顔を出した母にはからかわれたが、「仕事のリハーサルを兼ねた打ち合わせだから」と強く否定する。

「お父さんはね、今回の依頼、『断った方がいいんじゃないか』って言ってたけど、あれは美和の実力を心配して言ったわけじゃないのよ」

「なに、急に？」

鏡越しに母に尋ね返した。今日は私よりも母が先に仕事で家を出る予定だ。そういえば、専務の依頼を引き受けることに最後まで渋い顔をしたのは母ではなく父だった。

「だって、美和の職場の上司とはいえ泊まりでしょ？　そりゃ年頃の娘を持つ親としては反対するわよ」

そういうことか、と心の中で納得する。巻いた髪をほどいて、ワックスで形を整えながら言葉を返した。

「その心配は必要ないって。言ったでしょ？　泊まるのはスイートらしく、部屋数もひとつじゃないから寝室も別だって」

さすがに、一緒に泊まるということになって私もそこら辺を尋ねてみたが、なんてことはなかった。それにしても私に気を使ってか、あっさりスイートルームを用意してしまうとは。

「スイートルーム、羨ましいわー。最初、依頼内容を聞いてびっくりしたけど、高瀬さんご本人に会ったら納得。あんないい男が独身なら女性は放っておかないでしょうね。お母さんとしては間違いが起きても全然かまわないわよ」

うっとりする母にため息をつくしかない。改めて契約を交わす際に事務所に訪れた専務を、母はすっかり気に入ったらしい。できれば自分が婚約者役を代わりたい、と言うくらい。

私はそこでようやく母の方を振り返った。

「あのね、お母さん。何度も言うけれど専務には本物の婚約者がいて、私はその代行なの。間違いとかなにひとつ起こらないし、専務はそういう人じゃないんだから」

「はいはい。じゃあ、お母さんそろそろ行くわ」

マイペースな母は言いたいことだけ言って去ってしまった。そこで時計を見れば、私も時間がないことに気づく。バタバタと準備を整え、先ほどから手放さずにそばに置いてある携帯を何度もチラ見した。

今日のコーディネートは、袖口が緩くギャザーになっているオフホワイトのブラウスに、淡いアイスブルーのフレアスカートの組み合わせだ。上品さを意識しながら、やや控えめに纏めた。アクセサリーをつけるかどうか悩み、コーディネート的にもまだ寂しいので、センプレのネックレスを身につける。

歓迎会で選んだサファイアが今日も首元で青い光を放つ。

スタンドミラーで全身を確認したそのとき、携帯が鳴った。相手を確認する間もなく、事務所にいる父に声をかけて、急いで外に飛び出す。やはり暑い。

事務所の裏手にある駐車場に向かい、停めてあった車まで一直線に足を進める。近づくと運転席にいる専務と目が合い、中から助手席のドアを開けてくれた。

「お疲れ様です。わざわざ家まで、すみません」

乗り込む前に、自然と会社仕様で頭を下げる。

「言いだしたのはこっちだから謝らなくてもいい。乗って」

「お、お邪魔します」

専務の口調は、相変わらず淡々としていて感情が読めない。助手席に乗り込んで、私は忘れないうちにすぐさまバッグから封筒を取り出した。

「あの、この前はタクシー代をありがとうございました。これ」

「いらない」

門前払いとはこのことだ。差し出した封筒が行き場を失う。あっさり受け取ってくれるとは思っていなかった。とはいえ、ここまではっきり言われてしまうと、なんだか逆に悪いことをしたような気持ちになる。

「いえ、ですが……」

言いよどむ私に、専務が鋭い視線を送ってきた。

「付き合わせたのはこちらだし、仕事で頼んだんだ。気にしなくていい」

きっぱりとした口調で告げられ、なぜか胸の奥が痛んだ。取りつく島もない専務の態度よりも、『仕事』と言われたことに対して。

なにも間違ったことは言われていない。なら、どうしてこんな悲しい気持ちになるんだろう。自分でも理解不能だ。

「わかり……ました。お言葉に甘えます」

私も感情を声に乗せないようにして、そっと封筒をバッグにしまう。そして動きだした車のエンジン音を聞きながら冷静に尋ねた。

「今日はどちらにお付き合いすればいいんですか？」

「必要なものを買いに」

「必要なもの？」

おうむ返しで尋ねて専務を見ると、彼はこちらを見ることなく続ける。

「服とか、それなりのものを着てもらわないと困るんだ。そのためには本人がいないと話にならないだろ」

私は言葉を失った。まさか私のための用事だとは思ってもみなかったから。指示してもらえばこちらで用意したのに。

それを口にすることなく、運転する専務を無言で見つめる。

会社ではいつもスーツ姿しか見たことがないので、思えば専務の私服を見るのは初めてだ。ネイビーの襟付きシャツはラフになりすぎず、細身のスラックスは彼の長い脚を際立たせている。年相応というか、決して上品さは崩さず、よく似合っていた。

おまけにこの顔。ぱっちりというより、どこか涼しげで切れ長の瞳。すっと通った鼻筋に形のいい薄い唇。あまり焼けていない肌は荒れを知らないんだろうな。

彼の横顔をこうして私が独占しているのだと思うと、なんだか不思議な気分だ。

つい見つめていると、赤信号で停止したところで専務がこちらを向いたので、私の心臓が大きく跳ねた。視線が交わり、反射的に謝ろうとしたところで、先に口火を切ったのは専務だった。

「会社とは全然印象が違うな」

とっさにはなんのことか掴めなかったが、すぐに自分の格好についてのことだと理解する。その途端、巻いている髪の毛先を無意識に両手でぎゅっと握った。

「これは、そのっ。万が一、私といるところを会社の人に見られたらまずいと思いまして。それで今日は……」

張り切ってしまったんです、という言葉はぐっと堪《こら》える。悪いことをしたわけでもないし堂々とすればいい。とはいえ、改めて指摘されるとどうも恥ずかしい。

今日は眼鏡もかけていないし、服装も髪も我ながら綺麗に纏めて化粧も頑張った。理由はもちろん専務に言った通りだ。

依頼を遂行する前に、下手に誰かに一緒にいるところを見られて、勘繰られても困る。でも、それだけじゃない自分がいたのも本当で、仕事とはいえ専務とふたりで出かけることを必要以上に意識してしまった。気持ちを見透かされたようで、しなくてもいい謝罪の言葉をつい口にする。

「……すみません」

「なぜ、謝る？」

不思議そうな専務の声と表情に、私は髪から手を離すと、視線を逸らしてうつむきがちになった。これは仕事なのに。

「いえ……もっと美弥さんを意識した格好の方がよかったですか？」

「その必要はない。それに、うちのものをちゃんとつけてきてることも評価する」

「あ、ありがとうございます」

意外な点を褒められ、素直にお礼を口にする。

このネックレスは毎日会社にもつけていっているものだ。でも、そこまで告げる必要はないか。前にライバル社のものをつけていたのだから、そういうところを汲んで言ってくれたのかも。

そのとき、毛先がわずかに右に引かれたので、不思議に思ってそちらに視線を移せば、彼がなにげなく私の髪に触れていた。おかげで私は瞬きも忘れて硬直してしまう。

「いいんじゃないか。よく似合ってる」

笑った、とは言いがたい。けれど、いつもより柔らかい専務の表情が、私を捕らえて離さない。彼の長い指から私の髪がはらりと落ちるのが、やけにスローモーションに映った。

そして専務は再び前を向いた。

車が動きだしたのと同時に、私はふいっと顔を背けて窓の外を見る。胸が苦しくて息が詰まりそうだった。

風景が流れる中、わずかに反射して映る自分の顔が赤くなっている。

ちょっと待って、落ち着け。似合っていると言われたのはセンプレのネックレスのことで、相手が私じゃなくてもきっと専務はあんな顔をしたに違いない。

自社の商品を身につけてもらえたら、誰だって悪い気はしない。よかった、クライアントの意に沿えて。

自分の中で戸惑う感情に、懸命に理由をつけた。

それから専務と会話らしい会話はできず、そのうちに車はどこかのビルの立体駐車場に入った。

厳しい日差しが遮断されたことで、無意識に腕をさする。そこでようやく隣に顔を向けた。

「あの、専務」

「一樹」

間髪をいれずに、訂正するかのごとく専務が自分の名をかぶせてきた。

「婚約者なんだから役職呼びはなし。そういう話だろ、美和」

名前を呼ばれたことで、照れよりも緊張の方が増す。

ここには彼の婚約者としてやってきたんだ。

私は一度唇を強く噛みしめた。

――切り替えろ。

「わかりました、一樹さん」

仕事仕様の笑みを浮かべ、私たちは車を降りた。やってきたのはホテルも入っている高層ビルで、百貨店のようなところをイメージしていた私はちょっと拍子抜けしてしまう。

ただ、中に一歩足を踏み入れると、全体的に高級感が溢れ、間違っても私が気軽に来られるようなところではないのがひしひしと伝わってくる。さっきとは違う意味で肩に力が入った。

専務に案内されてやってきたフロアには、いくつものセレクトショップが並んでいた。ひとつひとつの店舗はそれほど大きくはない。どれも海外のメーカーのものだ。

この階には海外の有名ブランド店が入っていて、日本ではここにしかない店もあるんだとか。

その中のとある店に専務は足を進めて、綺麗な女性店員に声をかける。

知らないブランドだけれど、それなりのお値段なのは容易に想像がついた。暖色系のライトで店内が照らされ、緩やかなクラシックが流れている。

「美和」

名前を呼ばれて、どこか別世界だった私は現実に戻される。専務と女性の視線を一手に引き受け、なんとも気まずい気持ちになった。でも、それを顔に出さないようにはする。

女性店員は微笑みを浮かべながら、なにかを測るように顔を上下に動かして私に視線を送ってきた。

「承知しました。では、しばらくお待ちくださいね」

彼女は専務に笑顔を向けて、私を奥に促した。私はなんのことだかさっぱりで、不安げな眼差しで専務を見ると、無表情のまま頭に手を置かれる。

「そんな顔しなくていい。彼女がアドバイスをしてくれるから、好きなものを選んでおいで」

まるで子どもに言い聞かせるような仕草、口調。のせられた手の重みに心が乱される。手が離れても、私の気持ちは落ち着かなかった。

そして女性店員に奥に連れていかれ、そこからの私はまさに着せ替え人形だった。華やかなカクテルドレスやイブニングドレスを彼女は次々に持ってきて、私に合わせていく。

結婚式の参列者として代行することが多々あるので、家にもそれなりにパーティードレスは揃えてある。しかしそれらの比ではなく、持ってきてもらう品はどれもが上品なデザインで、布の作りからして違うのが見て取れた。シンプルだからこそ、滑らかなサテン生地や、光沢を放つベルベット生地が映えて目を奪われる。

「イブニングドレスは、肌を露出するほどフォーマルなんですよ」

「あの、私、身長が百五十六センチで、あまり背が高くないいんですけど」

美弥さんと違って、というのを心の中で付け足す。すると彼女は屈託なく笑った。

「大丈夫。女性にはヒールという強い味方がいますから」

こちらに感想を求めながら丁寧に説明してくれるものの、私は色の好みくらいしか言えなかった。

そしてドレスの他にも、仕事として同行するのに相応《ふさわ》しいフォーマルなワンピースも何点か選んでもらい、ここでの任務はなんとか達成することができた。

「せ……一樹さん、お待たせしました」

疲れを顔に出さないように、と思いながら、待ってくれていた専務に声をかける。

「無事に決まったか？」

「はい。なんとか」

私ひとりでは、とてもではないが選べなかったに違いない。ある意味、女性店員が付きっきりで助かった。

彼女は出してきたドレスたちを整理しながら、専務に微笑む。

「とっても素敵なものを選ばれていましたよ。試着したときに『高瀬様にお見せしますか？』と聞いたんですが、お客様が遠慮なさいますから」

「い、いえ。お見せするほどのものでは」

あたふたと専務と彼女の両方に向かってフォローする。わざわざ専務を呼んで見せるほどのものでもないし、なにより気恥ずかしい。

そう考えたものの、ふと思い直す。専務の依頼でここに来たのだから、彼に確認してもらうべきだったんだろうか。

「べつにかまわない」

私の不安を打ち消すかのように専務は告げた。安心するよりも先に、軽く針で突かれたような痛みを覚える。原因は自分でもはっきりしない。

その状態で続けられた彼の言葉は、さらに私の感情を迷走させた。

「どんなものを選んだのかは、当日までの楽しみにしておく」

不意打ちのひとことに私は目を丸くした。

「あら素敵。なんだか結婚式みたいですね」

にこにこと女性店員は返したが、私はなにも言えない。感情がジェットコースターのように駆け巡り、一点に落ち着いてくれない。

なにこれ、苦しい。さっきとは違う痛みが走って顔が熱くなる。


結局、選んだドレスたちは会場まで送ってもらえることになり、当日に着ていく分だけ持ち帰ることになった。

店を出て、エレベーターに足を進める専務にお礼を告げてから、しばし迷って、ふたりになったところで言葉を発する。

「さっきのドレスの件なんですが、ちゃんと美弥さんの好みに合わせて赤を選んでいますから」

そこで専務は振り向いて私を見た。その眼差しに、反射的に身を縮める。

彼女の好きな色は赤だと聞いていた。渡された写真も赤を身につけていることが多かった。

それを踏まえている、と安心させるために言ったのに、専務の顔はなんだか怒っているような、困っているような。元々あまり感情を顔に出さない人なので、その真意を量ることができない。

専務は小さく息を吐くと、私から視線を逸らし、自身の腕時計を確認した。

「あの」

「とりあえず、いい時間だし食事にしよう」

確かに、もうお昼どきだ。って、そういうことではなく。

「え、いいえ。お気遣いなく！」

付き合う、というのが服を買うためだったのだとすると、これ以上は余計なことだ。どう伝えようか頭の中で言葉を選んでいると、彼が先を続ける。

「今日はまだ、あまり話せてないだろ」

私は目をぱちくりさせた。なんのことだろうと考え、すぐに合点がいく。

『私も専務とふたりでお話ししたかったので』

ああ、そうだ。言ったのは私だ。それをこの人は律儀に守ろうとしている。嬉しいような、申し訳ないような。

きっと専務にとっては、食事に誘うのも仕事の打ち合わせくらいの気持ちで、変に遠慮したりするのは逆に失礼だ。

少しだけ悩んでから、私は彼の誘いを素直に受けることにした。

エレベーターに乗って、レストランが並ぶフロアに移動する。好みを聞かれたけれど、ここはおとなしく専務に任せることにした。

連れてきてもらったのはイタリアンの店だった。店内は夜を思わせるかのような仄《ほの》暗《ぐら》さがあり、それが異国に来たような雰囲気を醸し出している。

専務と向かい合わせに席に着いて、テーブルで揺れているキャンドルの炎をじっと見つめた。

「さっきのお店は、よく利用されているんですか？」

「いや。ただ、あそこはアラータの社長の親族が経営してるブランドだから、利用しておいて損はない」

まさかそういった方面からのアプローチとは、思いも寄らなかった。エキスポ主催者としては、身内のブランド服を身に纏って参加してくれたら悪い気はしないだろう。

「一樹さん、そういうところ、抜け目ないですね」

こういうところで、彼が新ブランドを起ち上げて成功させている力量を感じる。

「それは褒め言葉として受け取っていいのか？」

さらに真面目に聞いてくる専務がなんだかおかしくて、私はついおどけてみせた。

「そうですね。どうぞ受け取ってください」

苦笑しながら答えると、専務も軽く笑ってくれた。

「なら、婚約者からの素直な評価として、喜んで頂戴しておくよ」

思えば、こんなふうに彼と軽口を叩き合うのは初めてかもしれない。それも私が彼の婚約者役を務めることになったからだ。

専務の顔を直視できず、不自然でない程度に彼から目線をはずす。そこで料理が運ばれてきて、食事を楽しみながら、私はお言葉に甘えてインタビューばりに専務にいろいろと尋ねた。

簡単なプロフィールから始まり、家族構成、好きなもの、苦手なもの、学生時代のこと。きっと一社員だったら知ることができなかっただろうな。

仕事なのに、彼を知ることができるのがなんだか嬉しい。職権乱用かもしれないけど。専務は専務で仕事と割り切っているからか、嫌な顔もせずにひとつずつ答えてくれる。

「美和は、どうなんだ?」

「え?」

質問が一段落ついたところで、答える側の専務が尋ねてきた。

「さっきから俺ばかり答えてるだろ」

「私は……」

しまった、と思い、自分のことを話そうとしたところで言葉を呑み込む。

「私のことはいいんです。私のことは美弥さんだと思っていただければ。あ、じゃあ、今度は美弥さんのことを聞いてもいいですか?」

話題を逸らすように笑顔で聞くと、専務はわずかに眉根を寄せた。

「彼女のことは、俺よりも幹弥に聞いた方がいいんじゃないか?」

「一樹さんから見た美弥さんのことが知りたいんです」

強い口調で押してみる。すると専務は、ややあって観念したように息を吐いた。

「たとえば?」

「そうですね、美弥さんと婚約された経緯は?」

「前にも言った通り、親同士が昔からの知り合いで勝手に話を進めたんだ。どちらかといえば、娘に悪い虫がつくのを嫌がった美弥の父親が希望した結果だ」

「美弥さん、美人ですし、モテそうですもんね」

うちの父親でさえ、ああなんだから、なんとなく美弥さんのお父さんの気持ちがわかる気がした。

「お互いの気持ちがどうであれ、外部からの煩わしい話を断るのには都合がいいからな。利用させてもらってる」

「美弥さんは、今回の話を知っていますか？　私が代役をして大丈夫でしょうか？」

桐生さんに尋ねた質問を、専務本人にもぶつけてみる。

「その点に関しては心配はいらない。彼女は俺のことを、異性としてはなんとも思ってないだろうから」

「そう、なんですか」

ならいい。今回のことで美弥さんと専務の間がこじれることがないなら。これ以上、ふたりの関係に首を突っ込むことはない。

でも、専務はどうなんだろう。仮に美弥さんが専務のことを異性として意識していないとしても、専務は？

仕事としてなのか、個人的に気になったからか、境界線が自分の中で曖昧になる。

『専務は美弥さんのことを、どう思っているんですか？』

だからこの質問だけ、本人に直接ぶつけることができなかった。


気を取り直して食事を楽しむ。料理は非の打ちどころがなく、牛ほほ肉を使ったパスタは絶品で、デザートのジェラートもとても美味しかった。

それから聞きたかったこともひと通り尋ねられたし、質問が中心とはいえ、専務と会話を交わしたことで少しだけ打ち解けられた気もする。もう十分だ。

「この後はどうする？　どこか行きたいところでもあるか？」

ところが、食事が済んでから当たり前のように彼に尋ねられ、間抜けにも私はきょとんとした顔をする。

買い物をして、尋ねたいことを質問して。これで今日の目的は果たせたように思う。だから、こちらとしてはもう大丈夫だと答えなくては。元々忙しい人だし、気を使わせてしまっているなら申し訳ない。

でも、そうやって聞いてくれるということは、貴重な休日の残り時間をもう少し私と一緒に過ごしてもいいと思ってくれているのかな。もしそうなのだとしたら……。

「よかったら、一樹さんの好きなところに連れていってほしいです」

〝婚約者として〟笑顔で答えた。

仕事だって、ちゃんとわかっている。でも私もまだ彼と一緒にいたい。自然と溢れ出る気持ちを、素直に口に出すことができた。

とは言ったものの、どこに連れていかれるのか内心では不安が広がる。

再び専務の車に乗せてもらい、移動を始めた。彼はこれといった行き先を告げず、前を見て運転に集中している。

専務のことだから、美術館とか舞台鑑賞とかそういう系かな？　それとも仕事関係のどこか？　どっちにしろ、あまりついていけそうにないかも。

専務と私とでは格が違いすぎる、と肩を落とす。美弥さんだったら、そういった系も一緒に楽しめるんだろうな。

無意識のうちに彼女と比べて、頭を横に振った。そしてフロントガラスから空を眺める。

七月の太陽はなかなか攻撃的で、破壊力がある。さらに今日は雲ひとつない快晴だ。澄みきった青空に、わずかに心が落ち着く。

一方、車は意外にもひとけのない方に向かっていた。どちらかといえば山道だ。道もきちんと舗装されておらず、緑が徐々に顔を覗かせる。

どこを目指しているんだろう。ようやく尋ねようとしたところで車は停まった。

「ここ、ですか？」

「そう。足元が悪いから気をつけて」

ゆっくりとドアを開けて、地に足を着ける。木々が生い茂って、合間からきらきらとした光が降り注いでいた。外は思ったより暑くない。

少し歩くらしく、専務の後を追うと、今度は木で作られたどこか危なっかしい階段を下りることになった。次第に水が流れる音が聞こえてくる。

「川？」

私は予想を声に出した。着いた先には、そこまで幅も広くない、浅瀬の小さな川が流れている。水面が反射し、川底が見えるほど浅く、透明度も高い。水遊びをするのにはちょうどよさそうだ。でも今は、誰も辺りにはいなかった。

向こう側もそう遠くはない。木陰に立ち、この風景をどこか夢見心地で見つめていると、隣に立った専務が口を開いた。

「昔、ここで」

瞬時に、次に彼から続けられる言葉が脳に浮かんだ。

「川に落ちちゃいました？」

つい専務に詰め寄るようにして、頭によぎったことを口にする。すると彼は目を見張って、じっとこちらを見つめてきた。

「いや、違うが」

冷静に返されて、私はすぐに恥ずかしくなった。話の腰を折ったことも、自分の発想があまりにも単純だったことも。

「す、すみません！　違うんです。その、昔、私が落ちちゃったことがあって。それで勝手に……」

フォローしたつもりが、逆に墓穴を掘った気がする。専務と私を一緒にするなんて、失礼にもほどがある。

さらに、話の出端《ではな》を挫《くじ》いてしまった。専務はなにも言わず私から顔を背ける。どう取り繕うか悩んでいると、私の目には意外な光景が飛び込んできた。

「え？　なんで？　なんで笑います？」

幻ではないと相手に確かめるように尋ねた。そこには、堪えきれずにくっくっと喉を鳴らして笑う専務の姿があって、目を離すことができなくなる。

「美和があまりにも真剣な顔をして、落ちたのか、って尋ねてくるからおかしくて」

「だって……」

それ以上、言葉が続かない。

これは、笑われたって認識でいいんだよね。専務のこんな表情を見るのは初めてだった。

いつも無表情で、どこか冷たい雰囲気を纏って。仕事のときに見せる顔からは想像もつかない。可愛い、と言うと語弊がありそうだけれど、まさか笑顔を見せてもらえるとは。

「で、どうして落ちたんだ?」

笑いを収めた専務がおかしそうに尋ねてくるので、私は我に返って、ぷいっと顔を背けた。

「笑っちゃう人には、教えません」

「不可抗力だろ」

専務が私を覗き込むようにして距離を縮めてくるので、赤くなる顔を隠したいのもあって自然と意地を張ってしまう。

「一樹さんこそ、この川原でなにがあったんですか?」

話を戻すと、専務は思い出したように「ああ」と口にして視線を下に落とした。

「昔、ここで瑪瑙《めのう》を見つけたことがあるんだ」

「瑪瑙?」

アクセサリーに加工されたものが先に頭に浮かぶ。なんとなく、くすんだ赤色の宝石のイメージだ。確か鉱石の一種で、日本でも採れるところがあるというのは知っていた。

「この近くにキャンプ場があって、子どもの頃はよく連れてきてもらってたんだ。そのときここで遊んでたら、不思議な模様がある石を見つけて」

「一樹さんも外で遊ぶ男の子だったんですね」

「基本的には、中にいるより外で過ごす方が好きだったな」

ちょっと意外。今の専務のイメージからすると、部屋で読書をしたり勉強したりする方が似合う気がする。

でも、そっか。専務もこんなところで遊んだりする普通の子どもだったんだ。

私は目を細めて、専務の話の続きを聞いた。彼の顔はどこか懐かしそうだ。

「親に見せたら、これはすごいぞ、って瑪瑙のことを教えてもらって。それから天然石や鉱石に興味を持つようになって、博物館に見に行ったり、図鑑を買ってもらったりしたんだ」

「じゃあ、ここでの発見がセンプレに繋がっているんですね」

「……そういうことだな」

断定的に告げた私に、専務は目を瞬かせて、すぐに柔らかい表情になった。つられて私も微笑む。

ミーテの洗練された高級なイメージとはまた違う、親しみやすく温かみがあって、それでいて繊細なデザインに天然石を組み合わせたセンプレのアクセサリーは、ただ奇抜性を狙っただけじゃない。そこにはちゃんと、専務の思いが込められていたんだ。

それを知ることができて純粋に嬉しい。

せっかくなので、私も試しにしゃがんで、足元にある石をいくつか手に取ってみた。

「私でも瑪瑙を見つけられますか？」

「どうだろうな。そう簡単には見つからないだろ」

その言葉通り、拾った石たちはごつごつしていてなんの変哲もない、見慣れたものだった。

でも残念がることはない。これが普通なんだ。

私はそっと石を下に落とした。

「なかなか見つけられないもの、手に入れるのが難しいものを、ちゃんと自分のものにしてしまうのが一樹さんのすごいところなんだと思います」

持って生まれた運の違いというか、凡人と才覚ある人の違いというか。現に彼は瑪瑙を引き当て、それをきっかけにセンプレというブランドも成功させている。もちろん、運や才能以外に並外れた努力もあるんだろう。

私は穏やかに流れる川から、ゆっくりと向こう岸に視線を移した。そして川のほとりまで足を進めてみる。近くで見ると思わず足をつけたくなってしまうような綺麗さだった。

水面から感じる流れをしばし目で追った後、おもむろに口を開く。

「昔、弟と川に遊びに来たときに、『向こう岸に行こう！』って計画したんです」

前触れもなく話し始めた私を、専務が不思議そうな顔で見てくるので、苦笑交じりに「私が川に落ちた話ですよ」と補足した。

ここと同じで浅瀬の小さな川だった。いっぱい水遊びをしている人たちがいる中で、私たちは残念ながら水着や着替えなどを持ってきていなかった。だから、そこら辺にある石を積んで川を渡る橋を作ることにした。靴を濡《ぬ》らしてはいけないと思い、橋に見立てた石の上を歩いて、先頭に石を積んでは慎重に先を伸ばしていく。

子どもながらに夢中だった。けれど積んだ石というのは、どうしたって足場が悪い。川の流れで濡れているから滑りやすくもあった。

「おかげで、半分くらい行ったところで転んで川に落ちちゃったんです。怪我するし、全身びしょ濡れになっても着替えはないし、両親にはめちゃくちゃ怒られるし……」

私はふうっと肩を落とした。幸い、深さもなかったし、流れも緩やかだったので大事には至らなかった。とはいえ、散々な思い出だ。

「そこまでして渡りたかったのか？」

呆れるか笑うかと思ったが、専務は真面目に聞いてきた。

「そうですね。冒険心をくすぐられたというか。誰もいない向こう側がすごく魅力的に思えたのかもしれません」

あっちの岸にはなにがあるんだろう。あそこから見た景色はどんなだろう。あのときの逸る気持ちが蘇る。無謀だ、と疑うこともしなかった幼い自分。

私は川に視線を戻した。

「実際は、この中州くらいまでの距離だったんですけどね。一メートルちょっとくらいでしょうか」

当時は果てしなく遠い気がした。それは子どもの感覚で、大人からしてみればすぐそこの距離だ。

「渡ってみるか？」

からかうような専務の提案に、目をぱちくりさせる。しかし、すぐに笑顔を作った。

「遠慮します」

きっぱりと拒否の意を示す。

もう私は子どもでもないし、足も濡れてしまう。あの頃は幼すぎて、きっと渡れると信じていたけれど、とっくに諦めた。ただ、専務の子ども時代の話を聞いて、なんとなく自分の話もしたくなっただけ。

しんみりした気分で話し終わり、そろそろ行きましょうか、と言おうとしたところで、突然あり得ない感覚に襲われた。

抱きしめられた、と脳が認識する前に、私の体が宙に浮く。急に視界が高くなり、驚きすぎて声も出ない。専務が私を子どもみたいに抱き上げていた。

続いて彼は川岸に沿って歩き、水溜《みずた》まりくらいの浅いところを見つけると、そこに一歩踏み出す。専務がなにをしようとしているのかを把握して血の気が引くのと同時に、私はようやく声を出せた。

「いいです！　濡れちゃいますよ」

「ちょっと、じっとしてろ」

その言葉ですぐにおとなしくした。どう考えてもここで暴れるのは得策ではない。むしろバランスを取るために、専務に体を預ける形になる。

羞恥心で体が熱い。心は掻き乱され、それに合わせて鼓動も激しくなる。

結局、私の制止する声はあっさり無視され、彼は大股でさっさと目の前の中州に着いた。

「な、なんでこんな無茶したんですか？」

ゆっくりと下ろされ、照れもあってうつむき気味に、私は早口で尋ねた。

「渡りたかったんだろ？」

「子どもの頃の話です！」

どうしよう。お礼を告げるのも変だし。だからってこの言い方も……。

こういうとき、どういった態度を取ればいいのかわからない。こんなのは仕事の範囲外だ。

悶々としていると、頭に温もりと重みを感じる。

「初めてだろ、美和が自分の話をしてくれたのは。だから叶えてやりたくなったんだ」

専務がどんな顔をしているのか見ることができない。でも、触れてくれた手も、声も穏やかだ。

「……靴、大丈夫ですか？」

返事を迷った結果、ぶっきらぼうに質問する。

「たいして深くなかったし、防水加工をしてるから心配しなくていい」

言葉通り受け取っていいのか悩みつつも、とりあえず顔をゆるゆると上げる。

「ありがとうございます。叶えてくださって」

わざとらしく体の向きを変えて、今渡ってきた向こう側を見た。あまり距離はないのに、視界が、世界が、がらりと変化した。さっきまで自分たちが立っていた場所を静かに眺める。

川のせせらぎと、わずかに風が吹くと代わりに存在を主張するかのような葉擦れの音がする。時間がゆったりと流れているような、のどかな風景だった。つい数時間前までの人為的な世界が嘘に思えるほど。

「ここに来たのは久しぶりだが、あまり変わらないな」

「久しぶり、なんですか？」

ぽつりと呟《つぶや》く専務に尋ねた。すると彼は軽く肩をすくめる。

「どうしたって仕事が忙しいからな。だから、今日は来られてよかったよ」

「……どうして私をここに連れてきてくれたんですか？」

「つまらなかったか？」

「いいえ。そういうわけではないんですけど」

私は慌てて否定した。深い意味も、理由もないのかもしれない。ただ、専務にとって久しぶりにここに来る、いい機会だっただけなのかも。

専務はなにも言わずにこちらに歩み寄ってきた。私は徐々に近づいてくる専務に合わせて、視線を上に向ける。彼が一歩近づくたびに、石を踏む音が耳につく。

そして、思ったよりも至近距離で専務は私の前に立った。私はなにも言えずに、彼の整った顔を見つめることしかできない。そっと彼が私の髪に触れて、少しだけ腰を屈めて顔を近づけてくる。

彼の動きがやけにゆっくりと目に映る。私は瞬きも、声を出すこともできない。それでも自分の中のなにかが、寸前で警鐘を鳴らした。

「美弥さんとも来たからですか？」

なんでもよかった。とにかく、この流れを壊さなければと思った。だから口をついて出た言葉は、さっきの質問の答えを自分なりに考えたものだった。

「さあ、どうだろうな？」

専務は意地悪く、どこか含みのある表情で笑った。そこで私は瞬きをする。

彼はすっと私から離れると、いつの間にか手に持っていた葉っぱを離した。私の髪についていたらしく、それを取ろうとしてくれたようだ。勝手に意識してしまった自分を心の中で叱責する。

それにしても、さっきの曖昧な返答はどういう意味で受け取ったらいいんだろう。この川に来ていたのは子どもの頃だと話していたし、そうなると美弥さんと一緒に来ていても不思議じゃない。なにより笑っていたし。

なんだ。そういうことか。

どことなくもの悲しい気持ちに襲われそうになり、それを跳ねのけるように、履いてきていたパンプスを脱いだ。ストッキングをどうするか悩み、これくらいならハンドタオルでふけばいい、と結論づける。

「帰りは自分で歩きます」

宣言するよう専務に告げると、彼は目を丸くした後、軽く笑ってくれた。その笑顔に勝手に胸がときめく。

「また転んで落ちるかもしれないぞ？」

「だ、大丈夫です！」

とにかくもう、彼に抱きかかえられるのはごめんだ。

けれど一歩踏み出そうとしたところで、足の裏にごつごつと石が当たり、痛みについ顔をしかめる。

「強がらなくてもいいだろ」

「強がってません。ただ、これ以上、専務に」

言い返そうとしたところで、専務の腕が私の腰に伸びてきた。『あ』と思う間もなく、再び彼に軽々と持ち上げられる。さっきよりも強引で遠慮がない。抱っこというよりも担がれてしまう。

「ちょっと！」

自分の立場も忘れて、非難めいた声をあげた。しかし専務はものともしない。

「婚約者なんだし、素直に甘やかされとけばいいだろ」

代わりのです！ということは口に出せなかった。専務の声がいつも聞く事務的なものではなく、あまりにも楽しそうだったから。

もう、なんなの。あんな場違いな店に連れていかれて、高級ブランドの服を惜しげもなく与えられて、昼食も一流レストランで。

あまりにも自分とは違う世界の人だと実感させられた。この仕事がなかったら、きっと近づくことも関わることもなかった。

それなのに、今はこうしてふたりで子ども同然に川原ではしゃいで。まるで本物の恋人同士みたい。

でも、自分の立場を忘れるわけにはいかない。これは依頼を受けている間、より本物の婚約者でいるために、だ。全部仕事のうち。……専務にとっても。

なにより、彼にとって本物の婚約者は美弥さんなんだから。こうしてここで過ごしていることさえ、私は代わりだ。

胸の奥の痛みに気づかないフリをする。

大丈夫、きっとうまくやれる。

彼の婚約者を、美弥さんの代わりを演じきってみせる。

言い聞かせるように、私は心の中で固く誓った。

依頼者のためには全力を尽くします

七月も終わりが見えてきた金曜日、いよいよ専務に付き添ってエキスポに同行する日になった。

いつもエキストラの仕事の前には、ある程度の緊張感はあるものの、今回は期間が長いからか、依頼内容がイレギュラーだからか、私はいつにも増して気が張って早くに目が覚めた。

だからといって、だらだらと過ごすわけにもいかない。することは山ほどある。今回のエキスポのことや美弥さんのことを頭に叩き込んで、身支度にも普段よりずっと時間がかかってしまった。

会社には専務がうまく根回ししたらしく、私は今日だけセンプレの支店に人員不足で出向する、という形になっている。

今回も専務が家まで迎えに来ることになっているので、何度も時間と携帯を確認した。そわそわと落ち着かず、必要以上に姿見で外見をチェックしたり。

ダークブルーの落ち着いたワンピースは、センプレのアクセサリーたちを引き立てるのにぴったりだ。

バッグから取り出したファイルをめくり、確認するかのように美弥さんの写真を見つめる。何度見ても、楽しそうに笑う彼女の笑顔は魅力的だった。

『とりあえず笑ってみてくれないか？』

専務に言われた言葉を思い出す。彼はこんなふうに私に笑えというのか。

無意識にため息をついてから、気を取り直し、鏡に向けて渾身《こんしん》の笑顔を作ってみた。

……駄目だ、どうしても違和感が拭《ぬぐ》えない。

すぐに笑顔が崩れる。そもそも自分の笑顔を見てうっとりするのは、ある種の才能がないと難しい。

そこで時間が迫っていることに気づく。両親に挨拶して、仕事をきちんとこなしてくる旨を告げた。

「高瀬さんによろしくね。エキスポの内容やホテルがどんなものだったか、また教えてねー」

「なにかあったら、いつでも連絡してくるんだぞ」

対照的な両親の反応に、私は苦笑いしかできない。専務からの連絡を待たずに駐車場へ向かうことにする。

朝とはいえ太陽はすっかり昇り、気温はすでに二十五度を超えていそうだ。化粧崩れを心配しながらキャリーケースと仕事用のバッグを持ち、建物の陰になっているところで専務を待つことにした。

本来、運転手付きの社用車で向かうのが通例のところ、今回は事情が事情なので、専務の車で向かう手筈《てはず》になったらしい。私としても打ち合わせができるし、気を使わなくて済むのでありがたい。

ややあって、この前と同じ車が現れたので、軽く手を上げた。

「お疲れ様です。今日からどうぞよろしくお願いします」

今回は遠慮なく助手席のドアを開けて、練習した笑顔を専務に向ける。とりあえず荷物を後ろにのせてもいいか尋ねて、無事に積んだところで、助手席のドアを再び開けて乗り込んだ。

改めて、隣に座っている専務と視線を合わせる。今日の専務は当たり前だが、仕事仕様にばっちりとスーツで決めていて、その姿に一瞬だけ目を奪われる。

しかし、目を奪われたのは専務も同じようだ。じっと私を見つめて、おもむろに口を開いた。

「その髪」

待ってました、と言わんばかりに私は笑ってみせた。

「はい。美弥さんと同じ色に染めて、長さも合わせて切ったんです」

昨日の仕事終わりに美容院に行って、『写真の女性と同じ髪型で！』と、アイドルに憧れる女子のような言葉を告げてこのヘアスタイルにしてもらった。

長さもわりとばっさり切ったので、軽くなってよかったし、こんな明るい色にしたのも学生のとき以来で、なんだか新鮮な気分になる。

ただ、問題は癖のある髪質で、髪への負担を考えると、染めたうえにストレートパーマまではかけられず、早起きして必死でヘアアイロンでまっすぐにしたのだ。

この髪型を見て専務はどんな反応をするだろうか、と少し楽しみだった。

「そこまですることないだろ」

喜んでもらおうとか、褒め言葉を期待したわけではない。だからって、渋そうな顔で苦々しく言わなくても……。

膨らんでいた気持ちが急速に萎《しぼ》む。

「でも、女性の印象って髪型が大きく影響しますし、うちの会社の関係者に会う可能性だってゼロではないですから……。あ、ちなみに、髪型を変えるくらいなんでもありませんよ。仕事ですし」

もしかすると、自分のせいで髪型を変えさせた、と余計な気を使わせてしまったのかな。

そういう考えに至って慌ててフォローしてみたものの、専務の表情は崩れない。

ふいっと顔を背けられ、これからのことについて説明を始められたので、私も頭を切り替える。出たとこ勝負の部分が多いのはいつものことで、エキストラとはそもそもこういう仕事だ。

確認を終えたところで、専務が重みのありそうな黒い箱を後部座席から前に持ってきた。センプレのロゴ入りなので、中身はすぐに見当がつく。

「わあ」

専務が箱を開けたところで、私はつい感嘆の声をあげてしまった。けれどすぐに平静を取り戻す。中にはセンプレのアクセサリーが整頓して並べられ、それぞれの輝きを放っていた。

専務が持っていたのは、商談などでアクセサリーを持ち運ぶためのジュエリーケースだった。無表情を保ちながらも、私の心は弾むばかりだ。

私の持っているものとは数も品揃えも全然違う。相変わらず色とりどりの宝石たちが目で楽しませてくれる。

「ピアスは開けてはいないんだろ」

確認するように言われて、私は急いで頷いた。専務はてきぱきと箱の中身からいくつか選び、「これをつけるように」と指示してくる。ネックレス、イヤリング、ブレスレット。まるでモデルにでもなったかのような気分だ。

専務直々に選んでもらえるとは、かなりの贅沢者《ぜいたくもの》だ。服とのバランスを見ながらの絶妙な組み合わせは、きっと私にはできない。

センプレの商品を扱う専務の顔は真剣そのもので、その表情に思わず息を呑んでしまう。無事につけ終えたところで専務に尋ねた。

「これ、いくらくらいですか？ ……とか下世話なこと聞いてもいいですか？」

「聞いても普通にしてくれるなら答えるが」

「やっぱり知らなくていいので、言わないでください」

想像するのも恐ろしくなり、かぶりを振った。するとわずかに専務が笑ってくれた……気がする。

「それから、これを」

まだあるの⁉と突っ込みたくなったが、専務が次に差し出してきたのは小さな箱だった。

「婚約者なんだから、指輪は必要だろ」

重厚なケースから顔を覗かせたのは、絶妙なカーブを描いたデザインに大きな宝石のついた指輪だった。

「あ」

光を中に閉じ込めたかのように輝くダイヤの横に、添うように置かれた深い青の宝石が目に入る。サファイアだ。どうして私の好きな石を、誕生石を、専務が知っているんだろう。

尋ねようとしたところですぐに思い留まった。

確か美弥さんも九月生まれだ。この指輪は、彼女のために用意されたものなんだ。

専務は慣れた手つきで指輪をケースから取り出すと、ごく自然に反対の手で私の左手を取ろうとした。でも触れられる直前で、逃げるように私は手をよけた。

一瞬、専務が戸惑ったのが伝わる。それには気づかないフリをして、専務の手にある指輪を右手でそっと取った。そして自分の左手の薬指にはめる。サイズはぴったりだった。

「サイズは大丈夫です。この依頼が終わったらちゃんとお返ししますね。傷をつけないように気をつけますから」

「……ああ」

専務の顔がまともに見られず、なにげなく前を向いた。ややあって車が動きだす。陰に停まっていた車に光が射し込んでくるので、眩《まぶ》しさにうつむき気味になった。

さっきの態度は失礼じゃなかったかな。不自然じゃなかっただろうか。

行動を起こしてから、そういったことばかり気にする。おとなしくはめてもらえばよかったのかもしれない。

でも、できなかった。いけない気がして怖かった。専務に指輪をはめてもらうのが。はずすときは必ず訪れて、そのときは自分ではずさなくてはならない。だからつけるときも自分ではめるのがいい。

私の左手の薬指で、大好きなサファイアが憂いを帯びたような青い光を放っていた。


エキスポはスポーツの国際試合なども行われるアリーナをメイン会場に、周辺の施設一帯と連携して行われる。駅からの人波も開催期間中は大変なことになるらしい。

そんな中、私たちは専用に設けられた屋内駐車場に車を停めて、受付に向かうことになった。

アラータの社長の意向なのか、アリーナを中心にまるでカーニバルのような盛り上がりで歓迎を受けた。カラフルなフラッグと、期間中のみの広告看板が並び、人々の注目を浴びている。この土日だけ一般ブースも設けられるので、その準備もあってか人の賑わいもすごい。

「お祭りみたいですね」

「ある意味、お祭りだからな」

感銘を受ける私とは逆に、専務はあくまでも冷静だ。今日は初日ということもあり、まずは開幕式に参加することになっている。

関係者のみの参加なので、周りはそれなりの格好をしている紳士淑女が多かった。ここは日本なのに、イベントだから外国人の方が多い気がする。

受付でゲスト証を受け取り、足を進めながらも、胸の中では仕事に対する緊張と国際見本市に参加することへの期待が入り交じる。

ゲスト証には【鈴木美和】とフルネームが記載されているけれど、ここにいるのは私ではない。あくまでも専務の婚約者として、鈴木美弥さんの代理なんだ。

その考えが引き金になり、私の心の中は一瞬にして不安に覆われた。

今ここにいる人たちは、世界的に有名な会社の役員たちで、専務もそちら側の人間だ。現に、彼のスーツも高級なものだとひと目でわかる。上質な素材は光沢を放ち、落ち着いたダークトーンが彼の魅力を引き立てている。

きっちりと着こなして姿勢よく歩く姿は、映画に出てきそうな美形の外国人たちの中でも引けを取らない。

……でも私は？

「美和」

名前を呼ばれ、深みにはまりそうだった思考が浮上した。半歩先を歩いていた専務が心配そうにこちらを見ている。

人の流れに逆らって、こんなところで立ち止まっている場合じゃない。体も、心も。大丈夫だと慌てて取り繕おうとしたところで、言葉よりも先に、彼から手が差し出された。

「なにも心配しなくていい。俺がついてるから」

低く落ち着いた声が、乱れていた心をすっと静めてくれる。

クライアントに心配をかけるなど、あってはならないことだ。でも今は、こうしてフォローしてくれることがすごく嬉しくて胸が熱くなる。

「おいで」

照れることなく、私は素直にその手を取った。思ったよりも温かくて力強い。

「ありがとうございます、一樹さん」

　自然とお礼の言葉が口に出る。すると専務は、私の手を強く握り返してくれた。はぐれないようにするためなのかもしれない。私にうまくやってもらわないと困るのは彼自身だ。

　どんな理由でもいい。たとえ彼がこうして私に優しくしてくれるのが、婚約者の代役をしているからなのだとしても、今はこの手を離したくない。離さないでほしい。


　掌から伝わる温もりのおかげで、気持ちを落ち着かせて仕事に臨むことができた。

　開幕式は巨大モニターに、アラータの現社長であるローランド氏の姿が映し出され、通訳を通しながら、エキスポに対する意気込みや、今後の業界についての希望、展望などが熱く語られた。

　期間中は、アクセサリーを使ったコーディネートのコンクールや、ファッション業界とコラボしたショーステージ、有名アクセサリーデザイナーのトークショーなど、多くの催し物が予定されている。

　また、企業向けには商談ブースやプレゼン発表なども企画されており、すべてに参加することはどう考えても難しい。専務には、全部一緒に参加しなくてもいいと言われているので、私の空き時間は思ったよりもありそうだ。

今日はアラータを初めとする世界的有名企業の幹部たちによる講演会や、業界の動向などを巡って意見を交わすワークショップが行われ、私は専務とともにそれらの聞き役として参加した。

真面目に聞く必要はないのかもしれないけれど、勉強にもなるのでつい聞き入ってしまう。話についていけないことも多々あったものの、全体的に私も楽しむことができた。隣に座る専務はいつも通り涼しげな表情だ。きっと私以上に内容をきちんと理解しているに違いない。

おかげでひと通り終わった頃には、私の頭はショートしそうだった。情報の波が頭の中で寄せては引いてを繰り返している。

参加者の多くが外国から来ているということへの配慮か、初日は予想よりも早くにお開きとなり、助かった。交流会は明日の夜にホテルの大広間で予定されているので、まずはそれが私にとっての大一番だ。

頃合いを見計らい、私たちはホテルに移動し始める。

「疲れたか？」

エレベーターに乗り込んだところで、専務に声をかけられた。

「大丈夫ですよ。むしろ気持ちが昂《たかぶ》っちゃって。本場の空気ってすごいですね」

疲れていない、と言えば嘘になる。それでも自分が今参加しているのは、アクセサリーやジュエリーの世界規模の見本市なんだということがひしひしと伝わってきて、興奮気味に専務に返した。

専務はどこか呆れた顔で、私の前髪に軽く触れる。

「今からその調子だと、当てられて熱を出しそうだな」

「そんな子どもじゃありませんよ」

ぷいっとわざとらしくむくれてみる。なにげなく触れられた感触を変に意識してしまいながら、彼の婚約者として不自然ではないように心がけた。

すると私たちのやり取りを聞いてか、同じエレベーターに乗っていた六十代くらいの貴婦人から小さな笑い声が漏れた。

「仲がいいのね。羨ましいわ」

嫌味ではなく純粋な様子で言われた言葉に、なんだかいたたまれなくなって、私はつい謝罪の言葉を口にする。

「すみません」

「いいえ。仲がいいのはいいことよ。私も夫についてきたの。こういう場所に女性を連れてくるなら、男性はそれなりの気遣いと優しさを見せないと駄目よ。これからもずっと一緒についてきてほしいならね」

「そうですね、心がけておきます」

女性が専務に茶目っ気交じりに伝えると、専務は無表情ながらも軽く目を閉じて答えた。そして停まった階で彼女が先に降りていく。

「またどこかでお会いできるといいわね。素敵な夜を」

笑顔で手を振ってくれたので、私は頭を下げた。年の功というか、あの女性はこういう場に慣れているんだろうな、というのが伝わってくる。

私はこの一回きりだけど、専務と結婚する女性は大変だな、と改めて思った。美弥さんならこういった場にもきっと慣れているだろうから心配ないか。

そこでエレベーターが目的階に着いたので、緊張しながらも専務と部屋に足を進めていく。

専務と一緒の部屋に泊まる、と最初に聞いたときはさすがに躊躇ったし、焦りもした。その後で、部屋の中にさらにいくつか分かれて部屋があると説明され、安心したような、そういう問題ではないような、とも思ったり。

でも、仕事と割り切って納得することにした。どんな部屋なのか興味もあったし、なにより父が心配するようなことが専務と起こるなんて、どう考えてもあり得ない。

ほぼ最上階近くのフロアは、私の知っているホテルと違って、隣の部屋のドアとはかなり距離がある。専務がカードキーでドアを開けてくれたので、私もそれに続いた。

そして中に入った瞬間、大きく目を見開く。

「すごい！」

思わず声をあげてしまった。部屋というより、どこか外国の家のような雰囲気だ。

ちゃんと玄関スペースがあり、進むとすぐにベッドが置かれているわけではなく、リビングらしき部屋がまずは私たちを出迎える。

白を基調とし、金で装飾された鏡やアンティーク家具に、大きなシャンデリア。真ん中にはダイニングテーブルのようなものが置かれていて、パーティーもできそうだ。

ガラス張りの壁かと思うほど窓も大きく、エキスポのアリーナとその周辺が一望できる。専務は届いている荷物をチェックしているので、断りを入れてから他の部屋も見学することにした。

バスルームはゆったりとしたスペースが取られ、その横にはドレッサールームもあった。クローゼットの中を確認すると、この前専務と買いに行ったドレスたちが丁寧にハンガーにかけられている。

私が選んだのは、美弥さんを意識した、スパンコールが綺麗な深紅のベルベット生地のドレスに、小花があしらわれたマキシ丈のブルーのドレス。もう一着はシフォン素材のリボンが目を引く紫のドレスだ。

ドレスを選ぶ際に、美弥さんは赤が好きなのは知っていたので、最初に赤のドレスをお願いした。そして私の好きな青のドレスも選んでもらい、紫のドレスは店員さんの一押しだ。明日は間違いなく深紅のドレスを着用することになるだろう。

クローゼットのスライドドアを閉めて、一度リビングに戻り、さらに奥の部屋に足を運ぶ。そこは寝室になっていて、大きなベッドが存在感を放っていた。

小さいときに絵本の中で見た王様のベッドみたい。圧倒されながらも、ここは専務に使ってもらうので早々に退散することにした。

ドアノブに手をかけ、寝室の隣の部屋を覗く。そこは書斎のようになっていて、アームチェアやソファなどがベージュ系統で纏められ、他の部屋からするとこぢんまりとした印象だけれど、逆に気持ちが落ち着いた。

それらを確認し終え、専務のいるリビングに戻った。彼は荷物の確認が終わったのか、なにやら書類を読んでいるところだった。そして私よりも先に専務が口を開く。

「夕飯はどうする？　ホテル内のレストランでもかまわないし、部屋で食べることもできるが」

「私はどちらでもかまいませんよ。一樹さんの都合のいい方にしてくださいね」

笑顔で返すと、専務はしばし迷う素振りを見せた。ややあって、レストランに行くことを提案され、素直に従う。

専務の婚約者として、彼と一緒にいることにも、会場となるホテル自体にも慣れる必要がある。それに、せっかくセンプレのアクセサリーを身につけているのだから、今の格好を楽しみたいという気持ちもあった。


専務に連れてきてもらったのは、スペイン料理のレストランだった。シェフは日本人ながら、本場バルセロナの三ッ星レストランで料理長を務めた経験もあり、その味は確からしい。スペイン料理といえばパエリアやスパニッシュオムレツなど馴染みのあるものも多いし、イタリア料理と同じく、オリーブオイルをふんだんに使うのが特徴なんだとか。

専務の説明を聞きながら、店内に足を踏み入れる。スペインの大衆居酒屋バルをイメージして、木やレンガ造りの温かみのある雰囲気だった。ウェイターに案内され、さらに奥に進む専務の後を追う。そこは特別に区切られたプライベートルームになっていた。

高級感とグレードがアップした分、他の人の目がないという点では緊張が和らぐ。簡単な打ち合わせもできるし。

ワインのセレクトやメニューの注文はすべて専務に任せることにして、私はその様子をじっと見つめた。

専務はやっぱりすごい人だな。外見は言うまでもなく、こういうところでそつなく対応する姿も、嫌味がなく様になっていて目を奪われる。つい見とれてしまい、慌てて気持ちを引きしめ直した。

もしも私が本物の婚約者なら、きっと見慣れることなくずっと心をときめかせているかもしれない。でもこれは仕事なんだから。

グラスにワインを注いでもらい、軽く乾杯したところで、私から専務に声をかけた。

「お疲れ様でした。今日はあまり婚約者として役に立ってはいませんが」

「今日はこんなところだろう。知ってる顔が何人かいて、美和のことを気にしてたから、明日の交流会でいろいろと話しかけられると思う。基本的に俺が紹介するから」

「はい。どうぞよろしくお願いします」

下手なことを私から話してボロが出るより、専務から紹介してもらった方がいいだろう。気を抜かないようにしながらナイフとフォークを動かす。

前菜として出されたタパスの盛り合わせは、生ハムとオリーブ、イベリコ豚を使ったパテや季節野菜のバーニャカウダなど色とりどりで、見た目だけでも十分に楽しい。もちろん味も文句なし。

食事を堪能しつつ、肝心の確認を含めた明日の段取りを話してから、専務が改まった様子で突然聞いてきた。

「美和はどうしてこの仕事をしてるんだ？」

「どうしました？」

あまりに突拍子もない発言で、私はつい質問に質問で返してしまう。

「婚約者としては聞いておこうかと」

「ありがとうございます。あ、そういえば、美弥さんがお勤めの会社について聞きたいことがあったんですけど……」

なんでもないかのように、笑顔で話題を変えた。表情とは裏腹に、胸の中に動揺が広がっていく。

気を使って質問してくれただけかもしれない。わざとらしかったかな。でも、必要以上に依頼人に自分の個人情報を教えることは推奨されていないし。

大体、両親のことを考えれば、私がこの仕事をしているのはなんら不自然ではない。ただ、そこに複雑な事情を私が勝手に抱いているだけで、それを専務には知られたくない。

専務のどこか不満そうな顔を直視できず、ぐるぐるとした思考を振り切るように、私はその後も美弥さんの話題を口にした。すると専務も真面目に答えてくれる。

「美弥さんも桐生さんも、留学されているんですね」

「家庭の方針らしい。ただ、美弥は留学しても心配性な父親にあれこれ干渉されて、それはそれで大変そうだったよ。よく愚痴を零《こぼ》してた」

プライベートな話だからか、彼が美弥さんの話をするときは、仕事で見たことのない表情を見せるのが気になった。懐かしむような、慈しむような。

その顔を見て、なんだか複雑な気持ちを抱いてしまう。もちろん、幼馴染みであり、美弥さんの兄である桐生さんの話題も一緒に出てはくるんだけれど。

私の知らない専務を美弥さんはいっぱい知っていて、彼も美弥さんのことをずっと見てきたんだろうな。私が婚約者の代役を務めるくらいでは揺らぐことのない信頼や絆《きずな》を感じて、羨ましいような、寂しいような感情が心の中で渦巻く。

寂しいって、どうして思うの？

専務と会話を続けながら、心の中で浮かぶ疑問の答えは考えないように努めた。

デザートのカタラーナまできっちりといただき、私は大満足だった。表面がパリパリにカラメリゼされていて、食感と甘さが絶妙でおかわりしたいと思ったほど。

「ありがとうございます。すごく美味しかったです」

レストランを出たところで、すぐ彼にお礼を告げる。

「美和が気に入ったなら、よかったよ」

さらっと返された言葉に、不意に胸が高鳴る。

今の言葉に深い意味はない。専務にとっては社交辞令だ。

でもきっと口には出さないだけで、彼はこういう場に慣れていない私のことをなんだかんだ気遣ってくれている。そういう優しさが伝わってきて、戸惑いながらも嬉しく思ってしまう自分がいた。


ホテルの部屋に戻ってからは、それぞれ自由に過ごす。専務はダイニングテーブルでパソコンと向き合っていた。おそらく仕事だろう。リズミカルな速いタイピング音が響いて、私は別室に移ろうか悩む。

「美和」

迷いがバレたのかと思って、慌てて専務の方を向いたが、彼は画面から視線をはずさずに続けた。

「シャワーを浴びるなら先に使えばいい」

「っ、いえ。私は後でかまわないです。一樹さんが先に使ってください」

「俺はまだすることがある」

「ですが……」

依頼者を差し置いて、先に入ってもいいのだろうか。

それを素直に伝えるか言いよどんでいると、ようやく彼の顔がこちらを向いた。鋭い眼光に息を呑み、余計な考えが消える。

「では、お言葉に甘えます」

「どうぞ」

こうなったら、逆にさっさと入ってしまおう。

踵《きびす》を返そうとしたところで、あることが気になった。

「すみません、一樹さん。今日お借りしたアクセサリー類はどうしましょうか？」

さすがに、そこら辺に置いておくわけにもいかない。すると専務からジュエリーボックスに戻すよう指示され、すぐにこの場ではずしていくことにした。

「べつにそこまで急がなくてもいいぞ」

「いえ。なにかあっても大変ですし」

まずはイヤリングをはずし、続いてネックレスをはずそうと手を後ろに回す。そうしていると、いつの間にか立ち上がっていた専務がゆっくりとこちらに近づいてきていた。なにか不手際でもあったのだろうかとますます気が逸る。

なんとかはずせたところで、専務がすぐ真正面に立っていることに気づいた。早く返そうとしたところで、専務の手がすっとこちらに伸びてきた。

「やっ！」

反射的に身を縮めて、後ろに一歩引く。声をあげた私よりも、専務の方が驚きで固まっていた。

「す、すみません」

「いや。少し赤くなってる。大丈夫か？」

専務が言っているのはイヤリングの跡のことだろう。彼の手が伸ばされたのは私の耳だった。

「大丈夫です！　すみません、普段つける習慣がないので」

あたふたと言い訳し、逃げるように私はバスルームへ向かった。ドアを閉めてから、自分の両耳を押さえてうずくまる。

恥ずかしい。あんな声をあげて専務を驚かせて。でも、触られるかと思ったから。彼にとってはきっとなんでもないことだった。ただ心配してくれただけだ。

のろのろと立ち上がって鏡を見た。確かに専務の言う通り、うっすらと耳たぶに跡がついて赤くなっていた。

すぐ消えるにしても、なんとも不格好だ。ピアスの穴も開けていないし、アクセサリー類をつけ慣れていないのがバレバレ。そのうえ、あの態度。

首を九十度に曲げて大きく項垂れた。

美弥さんの代わり、と言いながら情けない。専務もきっと呆れただろうな。自意識過剰だと思われたかも。

どこまでも長い息を吐いてから、気を取り直して、家よりもずっと広いバスタブで今日の疲れを癒そうとワンピースのボタンに手をかけた。

早く出ようと思ったはずが、結果的に私は存分にバスタイムを満喫してしまった。揃えられたアメニティはどれも上質なもので、いろいろと試してみたくなったのもあったり。それと、さっきの今で専務と顔を合わせるのが気まずい気持ちもあった。

肌触りのいいガウンに腕を通して、髪を乾かし始める。丁寧にドライヤーを当ててみるが、やはり毛先がうねってきた。毛先を引っ張っても、今はどうしようもない。また明日の朝、ヘアアイロンでまっすぐにしないと。

すっぴんなのを気にしつつも、これはもうしょうがない。意を決してバスルームから出ると、専務は先ほどと同じようにダイニングテーブルで作業を続けていた。

私の気配を感じたのか、ドアの音か、こちらに気づいた専務が手を止めたので、私は頭を下げる。

「お風呂、先にありがとうございました」

「ああ」

軽く返され、ここで言いそびれていたことを思い出した。

「あの、一樹さん。私、寝るのは寝室の奥の部屋を使わせていただいてかまいませんか?」

あそこにあったソファは、大人ひとり寝ても余るほどの大きさだった。お行儀の良し悪しはこの際置いといて、なにかかけるものでも借りられたら私には十分すぎるベッドになる。

「俺がそっちを使うから、美和が寝室を使えばいい」

けれど、まさかの彼の返答に血の気が引いた。

「それは駄目です！　私が使います」

すぐさま声を荒らげて返すと、専務は面倒くさそうな顔をして立ち上がり、こちらに歩み寄ってくる。その顔はどこか険しい。

「そういうわけにいかないだろ」

「こっちの台詞《せりふ》ですよ！　大丈夫です。あそこのソファ、私の家のベッドとそう大きさも変わらないですし」

必死に訴えかけて専務に納得してもらおうとする。こんなことで譲り合いになるとは思ってもみなかった。でもここは、絶対に引くわけにはいかない。専務をソファで寝かせることなどできない。

「だったら一緒に寝るか？」

どういうふうに説得しようかと思考を巡らせていたところで、あまりにも寝耳に水の発言に目を剥いた。

「なに言ってるんですか」

抑揚なく尋ね返す。

なにかの聞き間違いだろうか。提案してきた内容とは裏腹に、向けてくる専務の眼差しは冷たい。

「べつに、たいしたことじゃないんだろ。こうして婚約者役として一緒に泊まってるわけだし」

「どういう意味ですか？」

皮肉めいた専務の言い方に眉をひそめる。さらに距離を縮めてくる彼から、私は目を離すことはしなかった。

そしてパーソナルスペースをとっくに越えた近さになったところで、専務の長い指が私の顎を滑った。強制的にくいっと上を向かされ、彼の漆黒の瞳がまっすぐに私を捕らえる。

「今までだってこういったことはあったんだろ？　そのときはどうしたんだ？　仕事だからってわざわざ髪型や服の好みまで変えてくれたら、勘違いしたやつだっていたんじゃないのか」

なんとなく専務の言わんとしていることが理解できて、私は顔を歪めた。

胸を覆っていくこの感情がなんなのかわからない。でも、確実に痛みを伴ってくる。

「……私が専務の、依頼者の気を引くために、わざと媚《こ》びを売っていると思っているんですか？」

出した声は震えていた。専務の冷淡な表情が一瞬だけ崩れて、その瞳が揺れる。私は彼を突くようにして距離を取った。

「頼まれてもいないことをすみません。でも、少なくともうちに依頼をしてくる人は、みんな事情があるんです。後ろめたさを感じながらも、どうしても利用せざるを得ない人だって……。だから、依頼者には精いっぱい応えようとするだけです」

言いきってから、くるりと彼に背中を向けた。

「美和！」

呼び止めるような彼の声に振り向くことなく、淡々とした口調で返す。

「ご心配なく。依頼者をソファで寝かすような真似はさせませんから」

こんな形で私がソファで寝ることになるなんて。

専務の顔を見ずに、唇を噛みしめて奥の部屋へと突き進んだ。

なんで私、こんなに傷ついているんだろう。

ざっくりと切られたように痛む胸を押さえて、とりあえずソファに腰かける。

専務に今さら私自身のことをどう思われても関係ないし、元々彼が私にいい印象を抱いていなかったのは知っていたはずだ。だから傷ついたり、悲しくなったりする必要もない。ましてや、わかってもらおうとか。

専務の言う通り、服装も髪型も頼まれたわけじゃない。余計なことだったのかもしれない。ただ、少しでも美弥さんに近づきたくて。彼の望んでいる婚約者役を果たしたかっただけなのに……。

彼の依頼を、やはり私が受けるべきではなかったんだろうか。

そこで自分の頬を軽く叩いた。

弱気になってどうする。もう受けてしまったものはしょうがない。ちゃんと仕事をまっとうしないと。

時計を確認すると午後十時前。私は気分を変えるためにも、母に電話を入れることにした。今日の業務報告だ。

母はすぐ電話に出てくれて、仕事内容よりもエキスポやホテルのことを興味深そうに聞いてきた。そのことにどこか気持ちが和らぐ。

雑談も交えながら母と会話をしていると、電話の向こうで父が『ちゃんと部屋は別々なんだろうな?』と声にしているのが聞こえ、私は苦笑して現状を伝えた。違う意味で間違いを起こしてしまった気はするけれど。

電話を終えた後で、両腕を上に思いっきり伸ばし、ソファにごろんと横になる。両親と話したことで、気持ちはだいぶ落ち着いた。

今日のことは忘れよう。明日の朝、専務と顔を合わせたら、なにもなかったかのように振る舞わなきゃ。今は彼が依頼者なんだから、関係の悪化は仕事に響く。私はちゃんと美弥さんの代わりを務めなくては。

ぎゅっと握り拳を作って心の中で誓った。そこで左手の薬指に光る指輪が目に入る。

入浴中ははずしたものの、この婚約指輪だけはさっき返しそびれていた。

「今は、私が専務の婚約者、なんだよね」

呟いたひとりごとは宙に消える。

今日はもう余計なことを考えずに休もう。

そのとき、瞼《まぶた》を閉じるのを阻むように、コンコンと部屋にノック音が響いて、私は急いで体を起こす。

「ど、どうぞ」

しばし迷ってから返事をすると、見つめたドアがゆっくりと開かれた。

「起こしたか？」

部屋に顔を出したのは、もちろん専務だ。ガウンではなくシャツを着ていて、髪が少し濡れているのを見ると、時間的にもシャワーを浴びてきたようだ。私は静かにかぶりを振る。

「いいえ。さすがにまだ寝ていませんよ」

今まさに寝ようとしたところだった、とは言えない。

彼のポーカーフェイスを真似して、平静を装って返したものの、心臓はバクバクと音をたて、強く打ちつけ始めた。

なにもなかったかのように接するには、あまりにも時間が経っていなさすぎる。

「あの」

「さっきは失礼なことを言ってすまなかった」

まさに先手を打たれる。専務の静かな謝罪に、私は伏し目がちになって答えた。

「いいえ。こちらこそ、すみません」

それから重い沈黙が降りてくる。気まずい空気なのは間違いない。それを壊すかのように口火を切ったのは、専務の方だった。

「美和にひとつ頼みがあるんだ」

「頼み、ですか?」

私は目をぱちくりさせて専務を見た。専務はなんともいえない表情で、長い脚を動かしてこちらに寄ってくる。

おかげで私は反射的に、ソファに正座しそうになってしまった。専務はソファの前まで回り込むと、腰を屈めて私と視線を合わせてきた。

なにを言われるんだろう、と緊張していると、次に彼が取った行動はまったく予想外のものだった。

「え？」

体を寄せられ、彼の体温を感じたかと思うと、世界が揺れた。この流れに既視感を覚える。

「な、なんなんですか⁉」

状況も、彼の取った行動も、理解できない。専務はこの前の川を渡ったときみたいに、私を抱き上げたのだ。

抵抗しようとするも、回された腕は力強くてどうにもならない。

「離してください！」

言ってみるものの、彼は聞く耳を持たず、隣の寝室に足を運んだ。ベッドは最初に見たときと同じでまっさらの状態だ。もしかして、やはりソファで寝るのを譲らないつもりなんだろうか。

「専務！」

つい声をあげると、視界がまったく別物に切り替わった。背中からベッドに身を預けることになったのだ。そこまで高い位置ではなかったし、痛みもなかった。かすかにスプリングが軋《きし》む音がする。

慌てて身を起こそうとしたところで、それを阻止された。専務が私に覆いかぶさってきたから。

さらにベッドが跳ねて体が沈む。もう私の頭の中はパニックだった。

そんな私にかまうことなく、専務はベッドに肘をついて、無言でこちらをじっと見下ろしてくる。あまりにも距離が近いことに動揺して、表情から感情を読み取ることもできない。ただ、さっきの冷たさはない気がした。

「頼むから」

形のいい唇が動いて、切なげな声が耳に届く。続けられる言葉も、この後の彼の行動も、まったくもって予測不可能だ。

心臓が痛すぎて頭が働かない。私は浅く呼吸を繰り返し、必要以上に瞬きをした。過呼吸を起こしそうだ。

ややあって、顔のすぐ横にあった専務の腕が動いたので、反射的に目をきつく瞑《つむ》る。

そして次に感じたのは、優しく頭を撫でられる感触だった。気が動転しつつも、確かめるようにおそるおそる瞼を開ける。

「取って食ったりなんてしないから、少しは気を許してくれないか？」

なぜか痛みを堪えたような専務の表情が目に焼きつき、私の中でさらなる混乱を一気に引き起こす。

専務は軽くため息をつくと、私の横に体を倒した。そばにあった気配がすっとなくなり、自然と彼を追うように顔を右に向ける。すると、同じようにベッドに背中を預け、こちらを見ている専務の姿があった。

「俺は美和のようにうまく切り替えられないんだ。仕事で嫌々俺に付き合ってくれてるのはわかってるけど、婚約者として今そばにいてくれるのは美和なんだから、もう少し気を許してほしい」

どこか懇願するようなもの言いに、私は自分の言葉を思い出す。

『今は、私が専務の婚約者、なんだよね』

自分は美弥さんの代わりだと言い聞かせて、〝鈴木美和〟としては必要以上に専務と接触しないようにと思っていた。その方が専務のためにもいいと考えたから。

でも彼は今、目の前にいる私に対し、偽りの婚約者だとしても私自身に寄り添おうとしてくれている。

「気を許す、って、どうすればいいんですか?」

素直に尋ねると、専務は少しだけ困った顔になった。苦笑とでもいうのか。そういう顔もするんだ、と力なく見つめる。

「とりあえず、美和のことをもっと知りたいし、ちゃんと話してほしい」

そう言われて、無造作に投げ出されている私の指先に彼の手が触れた。伝わってくる体温は温かくて優しい。私はわざとらしく、彼からそっぽを向く形で反対側に体をひねった。

「……私がこの仕事を手伝い始めたのって、実はわりと新しい話なんです」

『美和はどうしてこの仕事をしてるんだ?』

夕飯のときに専務から質問されたことに、今さらながら答える。自分のことを話すのはあまり得意ではないけれど、自分が彼のために今できることは、それくらいしか思い浮かばなかったから。

元々、両親の仕事にはあまり興味はなかった。代行業の仕事を始めたときもそれは同じで、関わるつもりもなかった。

「大学を卒業して、就職は大手企業に決まったんです。ひとり暮らしをして、そこで一年半勤めていたんですけど、体を壊しちゃって……」

言葉尻を濁しながら、どこの企業か名前は言わなかった。思い出がズキズキとした痛みとともに蘇ってくる。誰もが知っている有名企業で、就職できたときは両親も喜んでくれたし、私自身も嬉しかった。

就職先は違うものの、同じ大学で付き合って一ヵ月になる彼氏もいたし、なにもかもが順風満帆に思えた。

ところが、すぐに雲行きは怪しくなった。入社して研修もそこそこに与えられる仕事量は半端なものではなく、新人だということは関係なかった。

それに気づいたのは、ずっと後の話。初めて就職した私にとっては、仕事の適量などわかっていなかった。仕事がこなせないのは自分の力不足だと認識していた。

最初に所属したのは総務部で、事務や経理を担当することになった私は、とにかく毎日必死だった。仕事をこなす前に覚えることがありすぎて、帰宅時間もどんどん遅くなる。

ひとつの仕事を終える前に次の仕事が回ってきて、キャパオーバーになりそうなのを綱渡り状態でなんとかこなしていた。同期や先輩が去っていくのを短い期間でどれほど経験したか。

忙しくて彼氏と会う時間だって取れない。でもお互い社会人になったし、こんなものなんだと思ってあまり気にしていなかった。

「仕事は好きでした。大変でしたが、任されるのは嬉しくて。必要とされている気がして、だから頑張れたんです」

ただ、気持ちに体がついていかなくなった。ある日突然、激しい目眩《めまい》と立ちくらみに襲われ、その場を動くことができなくなった。

気づけば私は病院のベッドの上にいて、心配そうな母の顔がそこにはあった。医師からはしばらくの安静を言い渡され、こんなときでも私が気にしたのは仕事のことだった。今日までにやらなければいけない書類があったはずだ。

けれどその後病院に現れた上司からは、労いの言葉をかけられながらも、暗に自主退職を勧められることになった。新人ともいえる私が持病などではない理由で長期間休むのは、会社としてもマイナスだったんだと思う。

『心配しなくても、君の代わりはいくらでもいるから』

もしもこれが、戻ってくるのを前提にかけられた言葉だったらきっと違っていた。

でも、そうじゃない。

ああ、そうだ。私はなにを勘違いしていたんだろう。

必要とされている、役に立ちたい、だなんて。そんなものを仕事に求めるのは大きな間違いだった。少なくとも私みたいな人間は。

心が折れそうにつらくて。ここでようやく私は久々に彼氏に連絡した。その態度は素っ気なくて。結局、彼は同期入社の女性と親しくなっていて、そちらを選んだ。怒るとか、悲しいとか、そういった感情さえ湧いてこない。仕事だからって言い訳して、彼と向き合う時間を作らなかったのだから、しょうがない。これは全部当たり前の結果だ。

「それで実家に帰ってきて、リハビリがてら家の仕事を手伝うようになったんです」

自嘲的に言い捨てた。

こんなことを彼に話してどうするのか。ここまで事情を説明しなくても、単に親の仕事を手伝っている、でよかったのに。

最初は人手が足りないから、と頼まれてしょうがなく。でもエキストラの仕事があったから、私はまた働くということを前向きに捉えることができた。

自分のためにも、誰かのためにも一生懸命になれる。大変さの中にやりがいを見いだせた。

専務にとっては知らなくていい話だ。こんな返事に困るような話をして。

我に返って慌てて取り繕う。

「大丈夫です。もう誰も責めていないし、傷ついていません。仕事にしても、彼にしても、いくらでも代わりが利くんだって、それを自分がわかっていなかっただけなんです」

「そんなことないだろ」

背中に投げかけられた専務の言葉に、少なからず気持ちが揺れた。否定してくれたことに対して、嬉しさよりも苛立《いらだ》ちの方が先に走る。

「……心にもないことを言わなくていいですよ」

意識せずとも棘《とげ》を含んだ言い方になってしまう。

違う。彼にこの感情をぶつけてもしょうがない。もうひとりの冷静な自分が抑えようとするも、止められなかった。

「専務だって、私のことをいつでも切っていい存在だって思っているくせに。代わりがいくらでもいるから、契約を切るって言って簡単に脅すんでしょ？」

『このままだと、なにかしら理由をつけて契約を切るぞ』

ティエルナの一件で対峙《たいじ》したとき、鋭い視線を向けながら彼は私に言い放った。あの光景がありありと胸のうちに蘇ってきて、押し潰されそうになる。

苦しい。専務にとって自分の存在価値が、あまりにもどうでもいいように思えて。

ただ、私は正社員ではなく契約社員で、しかもあのときは会社に不利益な存在だと思われていた。だから彼は上に立つ者として当然のことをしただけ。こんなふうに八つ当たりまがいに責めるのはお門違いだ。

「すみません、私っ」

謝罪しようと急いで身を翻して、専務の方を向いた。それと同時に体を引き寄せられ、思いっきり抱きしめられる。ベッドが軋んでわずかに揺れた。

「悪かった」

わけがわからず腕の中でおとなしくしている私の耳に届いた声は、いつもよりもずっと近い。

「あのときは、混乱もしてたし余裕もなかったんだ。ティエルナの噂は聞いてたが、半信半疑なところもあった。それに美和が契約とはいえうちの社員なのに、あまりにも向こうを庇《かば》い立てするから……」

今、彼がどんな顔をしているのかは、私からは見えない。でもそこに取り繕おうとかいった気持ちがないのは、なんとなく伝わってくる。

なにか返さなくては、と思っても、体勢が体勢なだけに私は硬直したままだった。回された力強い腕に、密着した部分から伝わる体温。息遣いを感じるほどの距離感。

私の心拍数は上昇する一方だ。

　声を出すには、こんなにも力がいるんだって知らなかった。喉の奥に力を入れて、専務の胸に顔をうずめた状態で力なく発した。

「べつに庇い立てしたわけではないんですけど……」

　どんな依頼者からの頼みだろうと、仕事だということをエキストラ自ら白状するなど絶対にあってはならないことだし、あのときは専務の言い方があまりにも乱暴だったから、ちょっと意地になってしまったのもあった。

　でも、それは言わないことにする。その代わり、私は思いきって続けた。

「この際だから、もうひとつ言わせてもらっていいですか？」

「どうした？」

　思ったよりも専務の声が優しかったので、無意識に彼のシャツを掴む。

「さっき、専務は私のこと、『仕事で嫌々付き合ってる』っておっしゃっていましたけど、そんなことありませんよ」

「そうなのか？」

　あまりにも意外そうな言い方に、ようやく顔を上げて専務の方を見た。その距離の近さに驚きながらも、それを悟られないように強い口調で続ける。

「そうですよ。本当に嫌だったら、どんな事情でもこの依頼を受けていません。だ、大体、今までだって……ともおっしゃっていましたけど、こんな依頼は今までにありませんからね。異性と泊まりとか……」

泊まりだと自ら口にしたことで余計に意識してしまい、最後はしどろもどろになる。

「だったら、どうして引き受けたんだ？」

力強い彼のさらなる追及に、一瞬だけ言葉に詰まった。どう言えばいいのか迷ったけれど、正直なところを口にする。

「だって、依頼を断ったら専務が困るって。それで、私で役に立てるなら、って」

『困るな。俺には君が必要なんだ』

美弥さんと名前が一字違い、というだけ。でもそれだけで、彼は私のことを必要としてくれた。他の誰でもない、私を。

もう同じ轍《てつ》は踏むまい、と思いながらも、望まれるのが嬉しくて、力になりたくて。

専務が軽くため息をついたのを感じる。でも、抱きしめる腕の力は緩めてくれない。

「それにしても、今までにないならなおさら、仕事とはいえ異性と泊まりになるのをよく引き受けたな。俺のことを信用しすぎじゃないか？」

依頼してきた本人がそれを言う⁉と、つい反発しそうになったが、ここは冷静に返すことにする。

「専務のことを信用したから、なんて理由じゃありません。私と下手にトラブルになって、途中で投げ出されたら困るのはそっちでしょ？　ここまでしておきながら、一時の感情で動くような馬鹿な真似をする人じゃないと判断しただけです」

「……それは、褒め言葉として受け取っていいのか？」

なんだか、前にもこんなことを聞かれた気がする。ただしあのときとは違って、私はむくれて言い放った。

「お好きにどうぞ」

本当なら顔を背けたいところだが、今はそれもできない。少し間があって、専務はなぜか肩を震わせて、笑いを堪える素振りを見せた。

「な、なんで笑います？」

それを確かめたくて専務の方を見ると、その顔は随分と優しくて、可愛いとさえ思ってしまった。目が離せずにいると、彼の口から意外な言葉が飛び出す。

「美和が、あまりにも可愛いから」

「……はいっ⁉」

思わず目を剥いて、声をあげた。

可愛いと思ったのは私で、それは専務のことだ。

混乱している間も専務は、やっぱり口元に笑みをたたえている。

「美弥さんがいるんですから、そういうことを言っちゃ駄目ですよ」

「今は美和が婚約者なんだろ」

「ちょ……」

私の切り返しを専務はものともせず、長い指で私の前髪を掻き上げると、額に唇を寄せてきた。

「っ、駄目です。柔らかい感触に心臓が止まりそうになる。

「っ、駄目です。婚約者とはいっても、こういうのは契約に含まれていません。そも、そも、なんなんですか。さっきからこの体勢は」

専務の胸に手を当てて距離を取ろうとするも、回された腕が許してくれず、びくともしない。むしろ逃げないようにと強く抱きしめられる。

「含まれていなくてかまわない」

「だったら」

言い返そうとして、そこで専務の強い眼差しが私を捕らえた。額同士がくっつくほどの近さに息を呑む。

「言っただろ。気を許してくれないかって。契約とか関係なく、美和が個人的に」

なんで専務はそこまで私にこだわるんだろう。私は美弥さんの代わりなのに。私の婚約者としての演技は、あまりにも気を許していないように感じるの？　だからこんなにも必死なんだろうか。

「……気を許したらどうなりますか？」

たくさん浮かぶ疑問は声にはならず、私が聞けたのはそれだけだった。深い色の瞳に吸い込まれそうだ。専務は、にっと口角を上げて笑った。

「思う存分甘やかしてやる。仕事だって忘れるほどに」

そう言って、さらに距離を詰める。抵抗しなければ、という思いに対して、体は金縛りにでもあったかのように動くことができない。

「っや！」

けれど、専務がそっと私の顔の輪郭に手を添えた瞬間、ある部分に指先が触れて、私は反射的に声をあげた。専務がわずかに距離を取り、目を見開いている。私は慌てて自分の手で両耳を覆った。

「み、耳が弱いんです。だから触らないでください！」

早口で宣言するかのように告げる。すると専務は意表をつかれたような顔になった。

「もしかして、バスルームに行くときに……」

指摘され、頬がかっと熱くなった。もうここで下手な見栄を張っても一緒だ。

「そうです、昔から耳だけは駄目で。だから、イヤリングとかもあまりつけ慣れていなくて」

さっき専務に触れられそうになって、過剰反応してしまったことを思い出す。妙な内容の告白に、私は恥ずかしさで自棄《やけ》になっていた。

なにが悲しくて、こんな自分の弱点を専務に晒《さら》さなくてはいけないのか。

「と、とにかく。お話は済んだので、私は部屋に戻ります。専務もお疲れでしょうからゆっくり休んでください」

体を起こしてこの場を去ろうとした。しかし瞬時に手を取られて、あっさりと阻止される。

「なに、逃げようとしてるんだ?」

「に、逃げようとはしていません。ちゃんとお話ししたじゃないですか」

「まだ足りないだろ」

掴まれた手をわざとらしくぶんぶんと振ってみるが、離してもらえず、それどころか掴まれていない方の手で軽く肩を押された。

完全なる不意打ちに、私はまたベッドに体を預けることになった。そして素早く専務が逃げないように覆いかぶさってくる。

「専務……」

まさか再び組み敷かれることになるとは思ってもみなかったので、私は不安げに彼に呼びかけた。

「名前で呼ぶ約束だっただろ？」

「ですがっ」

続きは、彼の長い指が私の唇に触れたことで声にできなかった。焦《じ》らすように親指の先が私の下唇をなぞる。

「美和」

耳元で低く名前を呼ばれ、彼の声が鼓膜を震わせる。叫びそうになるのをぐっと堪えて、私は降参の意を示した。

「わかりました、名前で呼びます。だから離してください」

「まだだ。あっちでは寝かせない」

「でも、一樹さんをソファで寝かせるわけには……」

おずおずと反論する。重力に従って落ちる彼の黒髪は、私よりもずっと綺麗だ。

「だから、ここで一緒に寝たらいいだろ？」

「え？」

見とれていたので、彼の薄い唇から紡がれた言葉は私の耳を通り過ぎていった。

「おとなしく首を縦に振ってくれないか？」

「……横に振ったらどうなります？」

弱々しく返すと、専務はなにも言わず私に体を預けてきた。彼の重みを感じながら、そのことに戸惑う暇もなく、私は小さく悲鳴をあげる。彼の長い指が左耳の輪郭に沿って滑らされたから。

「美和がここで寝る、って言うまでやめない」

「そ、そんなのずるい、んっ」

最後まで言わせてもらえず、耳たぶに軽くキスを落とされ、目を瞑った。初めての感覚に思わず涙ぐむ。ここまでされる意図が読めずにいると、専務が私の耳に唇を寄せて、「それに」と囁《ささや》いてきた。

「どれくらい弱いのか興味がある」

言い終わるのと同時に耳を甘噛みされ、私は叫んでしまった。抵抗しようにも、右手は専務に取られていて離してもらえない。

ゆるゆると指や唇で優しく刺激され、視界が涙で滲んでいく。強引なくせに乱暴さはなくて、切なさで胸が詰まる。「嫌」と言う自分の声さえも甘ったるくて、ベッドの軋む音に違うことを想像させられて、さらに羞恥心で苦しくなる。

心臓が激しく脈打ち、与えられる刺激に背中が勝手に粟立《あわだ》って、体が震える。これは絶対に面白がられているに違いない。私はぎゅっと唇を噛みしめて、覚悟を決めた。

「寝ます。ここで一緒に寝ます、から」

彼がわずかに私から距離を取り、密着していた部分に空気が流れ、そのことに安心したような、寂しいような複雑な気持ちになった。耳がじんじんと痺れるように熱い。

「本当に弱いんだな」

「そう、言ったじゃないですか……」

嘘をつく必要がどこにあるの。

肩で息をしながら切れ切れに答えると、専務は私の頭を優しく撫でて、目尻に溜まった涙を拭うかのように口づけてくれた。

「少しいじめすぎたな」

「まったくです。一樹さんがこんなに意地悪な人とは知りませんでした」

苦笑する専務を、私は悔しくなって睨《にら》みつけた。

「契約違反でもう帰ります」

「それは困る」

「全然、困るって顔してませんよ」

脅してみせてても、まったく効果がない。私だけずっと翻弄されている。鼓動も息も気持ちも乱れっぱなしだ。だから私は彼女のことを口にする。

「っ、美弥さんに怒られますよ、こんなことして」

「怒らないさ。彼女は俺が誰となにをしようと関係ないからな」

そう告げる専務の声は、どこか寂しそうにも聞こえた。

「でも」

「それより、美和が怒る方が俺は困るんだが」

私が言いかけた言葉に、専務が口調を戻して発言をかぶせてきた。その声色からは相変わらず、困るという感じはしない。

「怒ってますけど。さっきからすごく」

「へぇ」

笑みを浮かべて、専務はおかしそうに私の頭を撫でる。そして私に覆いかぶさっていた体勢から横に体をずらして、私を抱き寄せた。

「でも、こうして触れるのを許してくれるだろ」

専務の言葉に、私は必要以上に狼狽えてしまった。さっきからの彼の遠慮のない触り方は、私が本気で嫌がっていないのを見抜いてのことだったらしい。それは紛れもない事実で、なんだか自分がとてもはしたないことをしたような気持ちになった。

本来彼のそばにいるのは違う女性で、私はその代わりだ。線引きをきちっとしていたつもりが、どこで曖昧になったのか。どこで許してしまったのか。

「わ、私」

言い訳しなくては、と口を開いたところで突然、さらに強く抱きしめられた。

「美和のことを傷つけて、本当に悪かった」

打って変わっての真剣な声色に、言葉を呑み込む。口を開いたのは一拍間を空けてからだった。

「謝らないでください。一樹さんはなにも悪くないんです。私が」

「それでも、美和は傷ついていてつらかったんだろ。自分の気持ちにまで嘘をつかなくてもいい」

彼の腕の中で、心の底で蓋をしていた感情が溢れ出そうになるのを必死に堪えた。

必要としてもらおうとか、特別になりたいだなんて、そういう期待は抱いちゃいけない。自分の価値を客観視することで納得するしかない。させるしかない。

もう平気だと思っていた。その認識は正しくなかったみたい。今になって彼の言葉が、頑《かたく》なだった心に沁《し》みていく。あのときでさえ泣いたりしなかったのに。目の奥が熱くなり、息が詰まりそうになるのを気づかれたくなくて、自分から専務の方に身を寄せた。彼はなにも言わず、落ち着かせるように私の背中をさする。

なんで？　傷つけたっていう罪悪感から？　だから優しくしてくれるの？

心の中でいくつも浮かぶ疑問を、本人に聞くことはできなかった。すぐそばにいるから余計に、口を開いたら涙が零れそうな気がして。

駄目だ。こうしてここにいるのは、仕事でだ。私は代わりなんだから。

「美和がいてくれて今日は助かった。だから、明日もこうやってそばにいてくれたらいい」

依頼者として、というより、それがあまりにも彼の素のように聞こえて、彼の胸にうずめていた顔をそっと離した。すると背中に回されていた手が、ゆっくりと頭に置かれる。

「おやすみ」

続けて耳元で囁かれた穏やかな声に、小さく鼻をすすって、躊躇いがちに返す。

「……おやすみなさい。お疲れ様でした」

一緒に寝る、とは言ったものの、この体勢は想定外だ。広いベッドで、恋人同士でもない私たちが、こんなふうにくっついて寝る必要はどこにもない。

それでも不規則だった心音はいつの間にか落ち着きを取り戻し、微睡《まどろ》みを運んでくる。優しく髪を撫でてくれる彼の手が心地よくて、すごく安心できた。

子ども扱いだけれど、嫌じゃない。彼と気まずい空気の中で婚約者を演じるくらいなら、こうして甘やかされながら、ひとときの婚約者になりきるのも悪くはないのかもしれない。私は自分に言い聞かせた。

そっか、彼は婚約者をこうやって甘やかすんだ。

『思う存分甘やかしてやる。仕事だって忘れるほどに』

彼の言葉が頭をよぎる。

本当に忘れそうに、忘れてしまいたくなる。だけどそういうわけにもいかない。私は美弥さんの代わりでここにいるんだ。

ちゃんとわかっているから、と言い訳しながら、今だけは素直に甘えることにした。今日は緊張していたのもあって疲れた。だから無理に抵抗することもない。

私は彼の温もりを感じて、静かに瞳を閉じた。

契約の線引きの曖昧さに困惑してます

自然と目が開いて、意識がクリアになる。まだ部屋の中は薄暗い。もう朝かな？　そこで私は勢いよく体を起こした。瞬時に状況を理解し、動揺のあまり口元を手で覆う。すぐ隣には一樹さんが静かに眠っていた。

こ、これは間違いではないよね。一緒のベッドで寝たとはいえ、それ以上はなにもなかったわけだし。キスだってしていないし。

誰に言い訳するでもなく、私は荒れる心を静めようと、ひとり格闘する。そしてなにげなくそばで眠っている一樹さんの寝顔に一度視線をやると、その顔にはあどけなさが残っていた。

いつもの冷徹さは微塵もなくて、つい笑みが零れてしまう。無造作に散っている彼の髪に、無意識に手を伸ばそうとした。

それをすんでのところで止める。彼の瞼がぱちりと開いたからだ。

このタイミングでどう言い訳しようか、言葉が出てこない。黙ったまま、焦点の定まらない瞳でこちらを見ている彼と、しばし見つめ合う形になった。

「み……」

今、なんて？

彼の口からかすかに紡がれた言葉に、意識を持っていかれる。けれど思考は次の瞬間、すべて吹き飛んだ。彼が伸ばしていた私の手を突然取って、自分の方に引いたかと思えば、顔を近づけて唇を重ねてきた。

柔らかい感触が伝わり、あまりの唐突な行動に頭が真っ白になる。さらに彼は、私を抱きしめるように自分の腕の中に閉じ込めた。

「……やっと捕まえた」

今度は、はっきりと耳に届いた。でも、どうしたらいいのか判断できない。脳も体も停止する。

しばらく動けずにいると、彼の規則正しい寝息が聞こえてきた。

寝ぼけていた……の？

彼の腕の中で、私はぎこちなく考えを巡らせ始める。キスされたことに驚きが隠せないのはもちろん、それ以上に私の心を乱しているものがある。

『みや』？　それとも『みわ』なの？

最初に彼が私を見て告げた名前が判別できなかった。どっちだったの？

混乱する考えは、体勢の件もあってあちこちに飛んでいく。そして浅い呼吸を繰り返すうちに、徐々に冷静さも取り戻していった。すると答えはあっさりと見つかる。

『みわ』なわけ……私のわけないじゃない。

彼は『やっと捕まえた』と言った。だから〝前から〟想いを寄せている相手だ。当てはまるのはひとりしかいない。そもそも迷うこと自体が失礼だ。彼の婚約者は、彼が求めているのは美弥さんだけだ。それを決定的にこんな形で思い知らされるなんて。

胃がむかむかして心臓も痛くなる。

苦しい。なんなの？　なんでこんな気持ちになるんだろう。

感情が錯綜《さくそう》する中、彼を起こさないように、腕の中から逃げ出し、そっとベッドから下りた。


「一樹さん、起きてください」

身支度を整えた私は、散々悩んだ末、彼を起こすためにベッドを覗き込んで声をかけた。放っておくわけにもいかないし。

一樹さんはこれでもかというくらい眉間に皺を寄せて、その目をうっすらと開けた。キスしてしまったこともあり、私は照れつつも緊張した面持ちで話しかける。

「おはようございます。もう朝ですよ」

「ああ」

寝起き特有の掠《かす》れた声に、ドキッとする。続けて、身を起こさない彼のことが心配になり、少しだけ距離を詰めた。

「大丈夫ですか？」

「今、何時だ？」

「もうすぐ七時ですよ」

質問に答えると、彼はゆっくりと上半身を起こして深く息を吐いた。そこでようやくこちらに顔を向ける。

「……美和？」

不思議そうな顔をする彼に、私は胸の痛みを隠しながら苦笑する。

「そうですよ。美弥さんじゃなくて残念ですが」

こんな嫌味な言い方、可愛くない。でもどうやら一樹さんは、さっきのことを覚えていないようだ。こっそりと胸を撫で下ろす。

「今日の午前中は展覧会に参加して、午後は一樹さんはフォーラムに出席予定でしょ？　遅れちゃいますよ」

それだけ言い残して、私はそそくさと寝室を後にした。

平気。あれは事故だし、エキストラの一環と思えばなにも傷つく必要はない。忘れよう。朝食はルームサービスを頼んでいるので、その対応をしなくては。

自分の中で必死に気持ちを切り替える。

そして朝食をとる段になって、身支度を終えた一樹さんはどうも気まずそうだ。もちろんさっきのことが原因ではなくて、寝起きを見られたことに対してらしい。

「目は覚めました？」

からかうような口調で告げると、彼は渋い顔になる。

「朝は弱いんだ」

「意外です。一樹さんって、あまり寝なくても平気そうなのに」

「寝ないと駄目なんだ」

真面目な返答に、私は思わず笑ってしまった。すると彼が私をじっと見つめてきたので、急いで顔を引きしめる。

「笑うことか？」

「す、すみません」

「謝らなくていい。気になったから聞いただけだ」

感情の込められていない言い方に、どう返せばいいのか迷った。何度か目を瞬かせて、正直に答えることにする。

「いえ、その。会社でのあなたは仕事ができて、いつも的確で冷静なイメージなので。クールというか、あまり隙がなさそうですから……」

「そんなこと全然ないけどな」

真っ向から否定すると、彼はコーヒーのカップを持ち上げて続けた。

「仕事のことはともかく、わりと後先考えずに行動するところもあるし、感情的にもなる」

「そう、なんですか」

曖昧に返しながらも、それは昨日の夜、嫌というほど思い知ったような。あれは彼にとって魔が差したということなんだろうか。思えば川に一緒に行ったときだって、私を抱きかかえて渡ろうとしたりするし。

「失望したか？」

投げかけられた問いに、私は目をぱちくりさせながらも軽く笑った。

「いーえ。冷たくて近寄りがたい雰囲気よりも、今の一樹さんの方がよっぽどいいと思います」

「なるほど。美和は俺のことをそう思ってたわけだ」

「一樹さんの場合、そう見せているところもあるんじゃないんですか？」

「そうかもな。仕事で接する人間にまで全部を見せなくてもいいだろ。元々執着するものとしないものとの差が激しかったりするから、冷たく見られるのもしょうがない」

私もこの依頼を引き受けなければ、一樹さんの婚約者役をしなければ、彼のことを冷たい人だと勝手なイメージを抱いたままだったと思う。

彼の仕事仕様ではない部分も知ることができて、それだけで今回の仕事をしてよかったな、と感じた。そしてその考えは、すぐに違う角度に移る。

プライベートでずっと親交のあった美弥さんは、そういった彼をとっくに知っているし、わかっているに違いない。そんな結論に至ると、やっぱり胸が軋んだ。


エキスポの二日目も滞りなく、彼の婚約者としての役割を終えることができた。といっても、この後の交流会が私にとっては本番だ。

午前中の展覧会は私も一緒に参加させてもらった。世界的なアクセサリーメーカーが、自身の看板を背負うに相応しい商品たちを選《え》り抜き、それらが一堂に会場に展示されていた。ガラスケース越しにじっくりと眺めながら、私はひたすら感嘆のため息を漏らすばかりだった。

　そこで何人か彼の知り合いに声をかけられたものの、私は軽く挨拶をするだけで済んだ。どちらかといえばみんな、私よりも一樹さんと仕事の話をしたがっていたから。社長の代理とはいえ、自分よりも立場や年齢が上の人たちとも対等に渡り合う一樹さんの姿を見ると、彼は本当にすごい人なんだと改めて思った。

　夜の交流会ではもっと多くの人と話すことになるだろうし、このエキスポの主催者であるアラータの代表にも挨拶する予定だから、失敗は許されない。

　午後のフォーラムは一樹さんひとりで参加しているので、先にホテルの部屋に戻ってきた私は、休憩しながらも支度にあたふたしていた。

　ドレッサールームの鏡の前でドレスを合わせてみる。

　やっぱり私は青のドレスの方が好きだな。でも、ここでの選択は赤だ。

　アクセサリーは一樹さんが帰ってきてから、ドレスに合うものを選んでもらうことにする。用意してくれたのは彼だし、センプレのアクセサリーを見せる戦略もあるだろう。

　袖がないドレスというのは慣れなくて、どうも心もとない。髪を纏めるかどうか悩んで、思いきってアップにすることにした。

ドレスにちりばめられたスパンコールと合わせてパールの髪飾りを選び、化粧もいつもより濃いめだ。ドレスに引けを取るわけにはいかない。最後に、用意していた黒い光沢のあるハイヒールを履いた。この日のために新しく用意したものだから、やや硬い。

エキスポに参加するときから、美弥さんの身長に合わせて高さのある靴を履いてはいたけれど、ドレスに合わせるためのハイヒールは別格だ。視界がやや高くなっただけで世界が変わる。

美弥さんの視界はこういったものなんだ。これで一樹さんの隣に立つと、どんな感じなんだろう。

そこで部屋のドアが開く音がしたので、急いでそちらに向かった。

「おかえりなさい」

息急き切った私の出迎えに、彼は不意をつかれた表情を見せる。

「あの、この格好で大丈夫ですか？」

不安から、一樹さんの反応を待たずに確認の言葉が口をついて出る。すると彼は、改めて視線を上下に動かしてこちらを見てきた。

「いいんじゃないか」

その言葉にホッとしたところで、自分があまりにも不躾だったことに気づく。

「あ、帰ってきてお疲れのところ、いきなりすみません」

急に恥ずかしくなって肩をすくめた。彼はネクタイを緩めながらこちらに近づいてくる。そして私の前まで来ると、髪型を崩さないように優しく頭に触れた。その顔にはなぜか笑みが浮かんでいる。

「どうしました？」

「いや。そこまでして俺に見せたかったのかと思って」

私の頬は火がついたように熱くなった。子どもみたいな自分の行動が、恥ずかしくなる。

「確認！　確認してもらおうと思ったんです！」

つい、むきになって訂正してしまった。一樹さんはなにも言わず、私の頬に指先を滑らせた。視線を合わせられ、心が震える。彼の目にはこちらの言葉を封じ込めるだけの力がある。

「よく似合ってる」

改めて言葉にされ、彼の顔がゆっくりと近づいてきた。私は瞬きひとつできず、動くことができない。

ふと朝の出来事が脳裏に蘇り、結んでいた唇をほどいた。

「……美弥さんみたいですか？」

彼がわずかに目を見張り、私から距離を取った。張りつめていた空気が溶ける。今さらながら彼に触れられた箇所が熱を帯びてきて、戸惑った。

だって、そういうことだ。彼が『似合う』と言ってくれたのは。

彼にどんな言葉をかけられても、どんな態度を取られても、それは私に対してのものなんかじゃない。朝、間違われてキスをされたから余計に思う。

一樹さんと一緒にいると、ずっと美弥さんの存在が頭から離れない。

でも私は美弥さんの代わりという仕事をしているんだから、彼女を意識するのは当然だ。これでいい。

理解はしていても、私の心では仕事だと割り切れない複雑な感情が絡み合っていた。

主催者側がこの高級ホテルを交流会の会場に選んだのは、会を開催するのにここら辺のホテルの中では一番大きなホールを持っているからなのだと、会場に向かいながら一樹さんが説明してくれた。

確かに、ここのホテルは芸能人が結婚式を挙げたりすることでもたびたび話題になったりする。会場に向かう紳士淑女はみんなそれなりの格好をしていて、派手すぎではないかという自分の心配は杞憂だったことを知った。

ほとんどの男性はタキシードを身に纏い、女性は華やかなドレスに身を包んでいる。私もぎこちなく、一樹さんの右腕に自分の手を添えていた。

一樹さんも例外ではなく、その様はどこかのモデルさながらだ。欧米の正装だけあって、がっしりとした体つきの外国人の方が似合うのは当然だけれど、彼も引けを取らない。

半歩先を歩く一樹さんを、ちらっと盗み見する。すらっと背が高く、瞳と同じ漆黒の髪が綺麗な彼は、十分にタキシードを着こなしている。

格好に合わせて今はきちっと髪も整えているので、これはこれでなかなか新鮮だ。整った顔立ちに、くっきりとした目鼻立ち。彼はやっぱり雲の上の人だ。

「美和」

名前を呼ばれて我に返る。いつの間にか盗み見どころか、じっくりと見つめていたらしい。その顔はどこか呆れていた。

「見とれてくれるのはありがたいが、転んだりするなよ」

「……すみません。一樹さんが素敵だったので、つい」

照れて否定してしまいそうになるのを我慢し、余裕を持って返した。すると彼は前を向いて続ける。

「気をつけてくれたら、それでいい。それに、他の男を見られるよりはよっぽどいい」

さらっと紡がれた言葉に、体温が一気に上昇した。さっきまでの余裕は、あっさり吹き飛び、鼓動が速くなる。とんでもない不意打ちに気持ちが波打つ。

なに、私、試されてるの⁉

どこまでが彼の本心なのか読めない。赤くなった顔を悟られたくなくて、彼にエスコートされながらも私の目線はつい下を向いてしまった。

会場となるホールに足を踏み入れると、そこはまるでどこかの国のお城の広間だった。天井には絵画が埋め込まれ、金色の細かな彫刻が来訪者たちを出迎える。

対する床はシンプルな分、天井から吊るされたシャンデリアの眩《まばゆ》い光を反射させていた。大きな鏡が奥行きの広さを感じさせ、舞踏会にでも招待されたかのようだ。とはいっても、フロアの中心に踊るような空間はない。

並べられた料理は和洋折衷で、本格的な和食とイタリア料理に力を入れているのがさすがだと思った。会場を彩る花々も、結婚式を彷彿《ほうふつ》とさせるほどの豪華さだ。

「違う国に来た気がします」

きょろきょろと内装を楽しんでいると、会場に着いて腕をほどいていた彼から今度は手が差し出された。

「はぐれるなよ」

「あ、はい」

一樹さんに声をかけられ、私は気持ちを正す。浮ついた心は不要だ。

それからしばらくして、今回の主催者でもあるローランド氏の挨拶から宴は始まった。乾杯の音頭とともに、英語や日本語、あらゆる言語が会場で飛び交う。とりあえずローランド氏の周りには多くの人が集まっているので、挨拶するのは後だ。

「一樹くん」

ふと彼の名前が呼ばれ、私と一樹さんはほぼ同時に後ろを振り向いた。

「珍しいね。君がこんなところにいるなんて」

グラスを持ってこちらに近づいてきたのは、白髪《しらが》交じりの髪をオールバックにし、ふくよかな体型で燕尾服《えんびふく》を纏った中年の男性だった。

「中嶋《なかじま》社長」

一樹さんが先方の名前を呼んだので、相手の見当はすぐについた。彼は中嶋勇雄《いさお》。大手ファッションブランド『ミッテル』の代表でもあり、そして……。

「今回、ティエルナとしては出てはいないんだが、うちの服をショーの方で提供していてね」

「そうでしたか。本来は父……社長が出席するはずだったんですが、諸事情がありまして」

「そうかい。なんたってそっちは本家だからね」

豪快に笑う中嶋社長は、一樹さんから私におもむろに視線をよこしてきた。

「こちらのお嬢さんは、もしかして……」

「ええ。僕の婚約者です」

中嶋社長の言葉を受け取るように彼が言いきったので、私は意識して笑顔を作り、軽く頭を下げた。

「初めまして、鈴木です。いつもお世話になっています」

マナー違反なのは承知で、基本的に名乗るのは名字だけで済ませ、尋ねられるまでは自分からは名前を言わないことにしている。意外とこれで通ってしまうのだから、下手に嘘をつくこともないのでありがたい。

中嶋社長は驚いた顔をして私を見た後、隣にいる一樹さんに笑いかけた。

「いやあ、一樹くんに婚約者とは。本当にいたんだね。てっきり、モテるから口先だけだと思っていたが」

そして中嶋社長は私の方に再び顔を向けて、内緒話でもするかのように詰し始める。

「こんなこと、婚約者さんの前で言うのも失礼な話なんだけどね。実はこっそり、うちの姪《めい》っ子でも、というのを前々から話していたんだよ」

あなたもですか、という突っ込みは心の中だけに留めておく。誰がどこまで本気かは判断できないけれど、同じような発言を今日、私を紹介した他の人たちからも聞いていた。

「でも彼はいつも『残念ながら婚約者がいるので』ってかわしていたからさ。そう言いながら、こういった場に連れてきてくれたこともないし、彼女の話も聞かないから半信半疑だったんだ」

中嶋社長はどこか嬉しそうだったが、私は内心では冷や汗だった。

それは紛れもない事実なのだろう。まさか代役を立てて連れてきたとは思うわけがないだろうし。

「どうしたんだい、今回は。鈴木さんもどうして今回は一緒に来ようと？」

「それは」

疑うというより興味津々という感じで尋ねられ、どう答えればいいのかと思い、言いよどむ。そこで一樹さんがわざとらしく私の肩を抱いた。

「僕が必死に口説き落としたんですよ。今回はどうしても譲れなかったので」

「一樹くんにも、そういった情熱的な一面があるんだね。それに鈴木さんもほだされたわけだ」

「え、ええ」

私は困ったような笑みを浮かべた。剥き出しの肩に彼の手が触れて、意識せずとも熱い。

いつまで抱いているつもりなのか、ちらちらと気にしていると、中嶋社長が改めて声をあげて笑った。

「いいねぇ。うちの息子もそろそろ身を固めてほしいんだが。そういった面でも見習ってほしいよ。一樹くんのところより業績も伸び悩んでいるようだから」

「僕は、父の力もありますから」

「またまた、謙遜するなあー」

それから中嶋社長は軽く手を上げて、他の知り合いのところに去っていった。私はこっそりとため息をつく。

一樹さんの手がゆっくり離れたのを感じ、彼の方に向いて小声で話しかけた。

「あの方、ティエルナの親会社の……」

「そう。元々、俺の父と知り合いなんだ。そして美和も知っての通り、彼の息子がティエルナを起ち上げた」

うちの事務所にイベントでサクラを依頼してきたところだ。その際、ティエルナのことはよく調べた。だから私は中嶋社長のことを知っていた。

「立場的に言うと、息子さんは一樹さんと似ていますね」

「似てないさ。大きく括《くく》れば同じファッション業界と言えるかもしれないが、あっちは親とは違う畑で事業を起ち上げたわけだからな。父親と同じ系統で新ブランドを起こした俺より、はるかにすごいだろ」

彼の声からは、相変わらず感情は掴めない。ただ、そこには卑屈さも見下した感じもない。ライバルブランドで、業績は自分の方が上なのに。

でも彼は、それ以外のところで相手をちゃんと評価している。そういうことができる人なんだ。

私は笑顔になった。

社長の息子だからとか、それだけじゃない。彼は人を的確に見ることができる。だから上に立つことができて、会社もうまくいっているんだ。

「一樹さんはやっぱり、瑪瑙を見つけることができる人なんですね」

「どういう意味だ？」

「いいえ」

彼は特別な人で、その彼が選ぶのもきっと特別な人なんだ。私みたいに代わりがいくらでもいるような存在とは違う。悔しいとは思わない。むしろ尊敬してしまう。

「……美和は、センプレよりティエルナの方が好きなんだろ？」

「え？」

「あら、あなた」

突然話しかけられ、声のした方を見る。斜め前に視線を送ると、そちらには年配の老夫婦がいた。男性はタキシード、女性は着物という組み合わせで、声は女性のものだった。

髪はきちっと染め上げて綺麗にセットされ、金糸や箔《はく》などを施した淡紫の上等な色留袖を身に纏っている。赤く紅を引いた唇が印象的だ。そんな彼女が不思議そうにこちらを見ている。

一樹さんの知り合いだろうか、と思って横目で彼を見ると、どうやらそうでもないらしい。人違いかと思ったところで、彼女がおかしそうに笑った。

「間違っていたら、ごめんなさい。もしかして昨日、ホテルのエレベーターでご一緒した……」

「あ！」

私は小さく漏らした。お互いに格好が違いすぎていたから気づけなかった。目の前の女性は昨日同じエレベーターに乗って、私たちに話しかけてきたご婦人だった。彼女は声を弾ませながら続ける。

「男性の方があまりにも印象的だったから覚えていたの。まさか、こんなところでお会いできるなんて」

やはり私と一樹さんとが一緒にいる場合、心に残るのは彼の方らしい。ご婦人が隣にいる旦那さんらしき人に、昨日エレベーターで一緒になったことを説明する。

それを受けて、一樹さんが軽く一礼して自己紹介をした。続けて、先ほどの中嶋社長のときと同じように私も挨拶する。

すると、奥さんとほぼ同じ背丈の旦那さんがこちらに笑顔を向けて、頭を下げてくれた。がっしりとした体つきで、吊り上がった目つきはなかなか迫力がある。でも笑うと温和な雰囲気だ。

「そうでしたか。これはご丁寧に。私は株式会社幸泉《こうせん》百貨店の代表をしています、幸泉正三《しょうぞう》と申します」

幸泉百貨店といえば、足を運んだことはないけれど名前は知っている。百貨店としては比較的新しくも、海外に支店を多く持ち、そのコネクションで他にはないブランドなどの誘致に成功している。『ここにしかない』というコンセプトを活《い》かし、メディアでもよく取り上げられているところだ。

「うちは主に海外ブランドに力を入れていますが、日本のいいものもどんどん取り入れていきたいと思っているんです。ミーテさんも存じていますよ」

「ありがとうございます」

それから幸泉さんと一樹さんは、世間話から仕事の話へと移っていったので、私はついていけなかった。すると私を気遣ってか、ご婦人の方が声をかけてくれる。

「改めまして、妻の静江《しずえ》です。遠慮なく名前で呼んでくださいね。それにしても、こういう場に連れてきても、男性は妻をそっちのけですぐに仕事の話をしたがるんですもの。困ったものね」

幸泉さんの方を見ながら、静江さんがわざとらしく息を吐いた。それでもこの場についてくるということは、夫婦仲はいいのだろう。

「私、実はこういった場は初めてなんです」

「あら、そうなの？　ご結婚されて間もないのかしら？」

静江さんの問いかけに、私は一瞬だけ返答に迷う。

「いえ、まだ婚約している段階で」

「そう。懐かしいわ。私にとってはもう何十年も前のことですけどね。今の時代とは違って、結婚相手は親が勝手に決めるものでしたから」

「そう、なんですか」

静江さんは内緒話でもするかのように私に一歩近づくと、声をひそめて話を続けた。

「ここだけの話ね、私は幼い頃から彼が許婚《いいなずけ》だって聞かされていたんですけど、あの人と結婚するつもりはなかったの」

「え？」

「でも親同士云々《うんぬん》の前に、彼が私のことを気に入ってくれてね。周りに『静江と結婚する』って宣言して、私のことを許婚だなどと言いふらすものですから」

そこで静江さんは一度言葉を切った。そして悪戯《いたずら》っ子のような笑みを浮かべる。年齢を感じさせない素敵な笑顔だった。

「後に引けなくなった、とでもいうんでしょうかね。外堀を埋められたというか。そこまで想ってくれるなら、って私も結婚を前向きに考えられたの。結果的に彼と結婚して幸せなんですけどね」

本当に彼女が幸せなのが伝わってきて、私もつられて笑顔になる。

「素敵ですね」

「あなたもきっと幸せになるわ。だって高瀬さん、あなたを見るとき、すごく優しい目をしているもの」

そう、なのかな?

私はつい一樹さんの方に視線をやった。幸泉さんと話していた彼がこちらに気づいて、なにげなく目で応えてくれる。

その顔は、確かにどこか優しい。ずっと冷たくて、近寄りがたいイメージしかなかったのに。

「では、高瀬くん。今後ともよろしく頼むよ」

「はい。こちらこそ、どうぞよろしくお願いします」

「お話は纏まりました?」

幸泉さんと一樹さんの話が終わりかけたところで、すかさず静江さんが割って入る。

「ああ、君のおかげでいい繋がりができたよ。そっちはなにを話していたんだい?」

「若いご夫婦に、夫婦円満の秘訣《ひけつ》を。あなたがいかに私のことを好いていたかお話ししていたの」

幸泉さんの顔色が、途端に余裕のないものに変わった。

「やめてくれよ、恥ずかしい」

「事実しかお話ししていませんよ」

静江さんは軽くかわしながらも、どこか楽しそうだ。理想的なご夫婦だと思う。

短く別れを告げ合い、静江さんたちは行ってしまった。ややあって一樹さんから話を振ってくる。

「放っておいて悪かったな」

「いいえ。静江さんとお話しできてよかったです。一樹さんの方はなにかお仕事に繋がりそうですか？」

「ああ。美和のおかげだよ」

私は軽く首を傾《かし》げる。

「私はなにもしていませんけど？」

すると一樹さんは軽く笑ってくれた。

「美和が一緒にいなかったら、幸泉夫人が昨日話しかけてくることもなかったし、こうして同じ会場にいたとしてもお互い素通りしてただろ」

それはそうかもしれない。私の成果と呼べるのかは置いといて、どういう形であれ、私がいて彼の役に立てたなら嬉しい。

「〝婚約者〟を連れてきてよかったですね」

からかい交じりで投げかけると、彼がそっと私の頬に触れた。

「そうだな。美和を必死で口説き落として連れてきた甲斐《かい》があったよ」

触れられたことで、彼の言葉で、頬が朱に染まる。

これは仕事でのことを指しているんだ。彼にとってはシナリオ通りに違いない。それでも、こんなにも心が揺さぶられる。

そのとき、彼の視線が遠くを見つめた。なので私も自然とその先を追う。そこには主催者のローランド氏がいた。

今、ローランド氏の周りに人は少なくなっていて、一樹さんに目配せされ、応えるように軽く頷いてから私たちは彼の方に足を向けた。

ローランド氏はもうすぐ七十歳だと聞いていたが、そうは思えないほど若々しく、背筋もしっかりと伸びていた。金に近い明るめの茶色の髪は癖っ毛で、パーマをかけたようにうねっている。

髪と同じ色の顎鬚《あごひげ》を長く伸ばしていて、緑色の穏やかそうな瞳は、アラータの代表という風格がありながらも、彼の人柄のよさを表していた。

一樹さんと一緒に近づくと、ローランド氏はこちらに気づき、軽く手を上げてくれた。相手が日本人ならここで頭を下げるところだが、それをすることなく一樹さんは視線を逸らさないまま英語で話しかけ、しっかりと握手を交わす。

残念ながら私の英語のレベルでは、なんの会話をしているのか正確に理解できない。美弥さんだったら留学経験もあってもっと堪能なはずだ。私はどうやって言葉を交わせばいいのか。

すると専門的な話をするためなのか、ローランド氏のそばに控えていた日本人男性が間に入って通訳をすることになった。そのタイミングを見計らって、一樹さんが私に注意を促す。

「紹介が遅れました。僕の婚約者です」

さすがにローランド氏にはフルネームを告げる。通訳の男性がワンテンポ遅れて訳すと、ローランド氏は顔を綻ばせた。そして通訳に向かってイタリア語で話す。通訳の男性も笑顔をこちらに向けてくれた。

「可愛らしいお嬢さんですね。婚約おめでとうございます。あなたの着ているドレス、とても似合っていますよ」

しまった。

ローランド氏と通訳の男性のどちらに向かってお礼を言えばいいのか、一瞬迷って
このドレスは、ローランド氏の亡くなった叔母が起ち上げたブランドのものらしい。

そのことでしばし通訳を挟みながら、一樹さんとローランド氏は盛り上がり、わざわざこのドレスを着てよかったな、と私は安堵《あんど》する。すべて一樹さんの目論見通りだ。

突然ふたりの会話が途切れ、前触れもなく彼とローランド氏の視線がこちらに向いたので、ドキッとする。そして通訳の男性が口を開いた。

「そのドレスを着てここに来てくださったお礼に、あなたにぴったりのアクセサリーを贈らせてください、とのことです」

「え⁉」

あまりの衝撃に私はつい声をあげてしまい、慌てて口を押さえた。

まさか世界的に有名なアラータの代表直々に、贈り物を提案してもらえるとは。エキスポ参加者として、このうえない幸せだ。アラータのアクセサリーなんて私個人ではなかなか手が出ない。それに断るのは失礼な話だ。

そのとき、ふと首元で揺れるネックレスを見た。赤のドレスに、ゴールドを基調としたセンプレのアクセサリーはよく映える。ネックレス、ブレスレット、イヤリング

はすべてお揃いのデザインで、大小さまざまな天然石がお互いに邪魔することなく存在を主張し、ゴージャス感たっぷりだ。

私は一瞬だけ目を泳がせ、一樹さんの方を見てから、ローランド氏をまっすぐに見つめた。

「ありがとうございます。すごく嬉しいお申し出、感激いたしました。……でも、私には彼の、センプレのアクセサリーがありますから。彼の生み出すアクセサリーが大好きなんです」

一樹さんは驚いたように目を見張って、こちらを見つめている。すぐに通訳の男性がローランド氏に訳してくれる。その様子を見て私は不安に襲われていた。

丁寧に告げたものの、もしかしたら無礼な返事だったかもしれない。一樹さんの立場を考えたら、素直にお礼だけでよかったのかも。気を悪くさせただろうか。

今さらながら後悔していると、通訳の男性の言葉に耳を傾けていたローランド氏は声をあげて笑った。そのことに、私はびくりと肩をすくめる。

ローランド氏が、私ではなく一樹さんに向かってなにやら話しかけるのを、通訳の男性がキリのいいところで訳していった。

「あなたはいい婚約者に巡り会えたようですね。どんなことがあってもパートナーが自分の一番のファンでいてくれるのは、なによりもありがたいことです」

「ええ。恐れ入ります」

「Signorina《シニョリーナ》（お嬢さん）」

聞き覚えのあるイタリア語でローランド氏から直接呼びかけられ、私は彼の方を向いた。滑らかなイタリア語が耳に届き、追って通訳の男性の日本語が語られる。

「これからも彼の一番の理解者であり、一番のファンでいてくださいね。彼はとても幸せ者だ」

ローランド氏の目を見て、たどたどしく「Grazie《グラッツェ》 mille《ミッレ》（ありがとうございます）」と告げる。するとローランド氏はウインクをひとつ投げかけてくれた。茶目っ気溢れる対応に、私は笑顔になる。

そこで違う人が彼に挨拶にやってきたので、私たちはおとなしくその場を去ることにした。一樹さんがさりげなく私の肩を抱いてドアの方に向かうので、こっそりと尋ねる。

「もう、いいんですか？」

「主催者への挨拶が一番の目的だったからな。それに、美和も疲れただろ。顔色があまりよくない」

「あ、いえ」

大丈夫です、と続けようとしたところで、一樹さんが私の方に端正な顔を寄せてきた。彼の顔が影を作り、私は歩いていた足をつい止めてしまう。

「俺も少し疲れたんだ。抜け出す理由になってくれないか？」

ぽつり、と漏らされた本音に、私はきょとんとした。

そういえば今の彼は、心なしか眠そうな感じもする。こんな場で、あまりにも素を見せられた気がして、私は自然と目を細めた。

「明日、ホテルの朝食ブッフェに付き合ってくれるなら、考えてあげてもいいですよ」

「……起きられたら」

意地悪く提案した私に、彼は自信がなさそうに答えた。そのことにますます笑みが零れる。

「なら、ひとりで行ってきますけど」

「わかった。善処する」

降参した、とでもいうように告げて、彼は戯れに私の額に自分の額を合わせてきた。

今、演技でもなんでもなく、飾らずに彼の婚約者になれていると思う。そのことがくすぐったくて、嬉しい。

案の定、この場を去ろうとする彼に何人かが声をかけてきた。

「婚約者が、あまり体調が優れないようなので」と、私を言い訳にして彼は切り抜けていく。

彼はともかく、場慣れしていない私を気遣って、労《いたわ》りの言葉をかけられたりもする。彼が最初に言っていた通り、やはりこういう場にひとりで来るとなかなか大変そうだ。言い訳に使われるためだけでもいい。少しでも彼の役に立てたのなら。


スタッフにルームサービスを頼んでから、部屋に戻る。私も一樹さんも会場ではほとんどなにも口にしていない。美味しそうな料理を横目に、緊張でなにも喉を通らない状況だったから。

そして玄関スペースに入ったところで、緊張の糸が切れたように、どっと疲れが押し寄せてくる。同時に、ごまかしていた痛みが主張を始め、つい顔を歪めた。

「どうした？」

「あ、いえ」

先に奥に足を進めようとした一樹さんが、こちらを振り返って不思議そうに尋ねてくる。私が立ちすくんだままだったからだ。

なんでもないかのように一歩踏み出したものの、痛みで眉をひそめ、またすぐに立ち止まってしまった。

「美和？」

怪訝そうにこちらに歩み寄ってくる一樹さんに、思いきって白状した。

「すみません、ちょっと足が……」

本当は彼にバレないようこっそり履き替えるつもりだったけれど、思った以上に痛む。私の左足は、ドレスに合わせた履き慣れないハイヒールのせいで靴擦れを起こしていた。

会場にいたときは気が張っていたので、なんとかやり過ごせたのに……。

とりあえず、この場でささっと脱いでしまおうか悩んでいるところで、私の体に一樹さんの腕が伸びてきた。

「わっ！」

触られた、と意識する間もなく視界が切り替わり、体が宙に浮く。素早く肩と膝下に腕を回し、一樹さんが私を抱き上げたのだ。

すぐそばに彼の整った顔があって、目が合う。傷みはあっという間に吹き飛んだ。

「あのっ」

「いいから。おとなしくしろ」

なにかを抗議する前に、一樹さんはさっさと歩きだした。肩を抱かれることの比ではないくらい、今は密着度が高くて体温も直に感じる。

胸がこんなにも高鳴るのは、この体勢のせいだ。それだけのせいに決まっている。言い聞かせているところで、一樹さんは私をソファにゆっくりと下ろした。そしてすかさず膝を折り、私の靴を脱がせる。彼の手の温もりを足首に感じ、それだけのことに赤面した。

「赤くなってるな」

顔のことを指摘されたのかと焦る。でも、どうやら靴擦れした箇所のことらしい。

「だ、大丈夫です。余計なご心配をおかけしてすみません」

ストッキングをはいているとはいえ、一樹さんに足を見られるのは緊張する。彼は心配そうに聞いてきた。

「先に着替えるか？」

「あ、いえ。ルームサービスも来ますし、大丈夫です。とりあえず靴を履き替えますから」

そう言って立ち上がり、取りに行こうとするのを一樹さんに制される。靴の場所を尋ねられ、私はソファに腰を下ろした状態で躊躇いがちに答えた。彼の姿が視界から消え、小さく息を漏らす。

情けない。こんなことで一樹さんの手を煩わせるなんて。美弥さんなら、こんなことは絶対に……。

「美和」

名前を呼ばれ、顔を上げると、一樹さんが私の靴を持ってきていた。

「これで合ってるか？」

「っ、はい。ありがとうございます」

雑念を振り払い、さっさと受け取って履こうと意識を切り替えると、なぜか一樹さんは再び腰を屈めた。そしておもむろに私の足に触れると、持ってきた靴を丁寧に足に履かせる。その動きがあまりにも無駄がなく優雅で、私は瞬きさえできず、されるがままだった。右足を履かせてもらったところで、はっと我に返る。

「い、いいです。自分で履けますから」

「遠慮することはない」

一樹さんの冷静なもの言いに対し、感情的に叫ぶ。

「遠慮とか、そういう問題ではないです！」

逃げるように左足を反らすけれど、あっさりと彼に捕まった。

「婚約者なんだから、そこまで嫌がることもないだろ」

「嫌がっているわけではないんですけど……」

言葉尻を小さくしてうつむき気味になる。私の態度を不審に思ったのか、ようやく一樹さんが顔を上げてこちらを見てきた。視線が交わり、観念する。

「だって私、男の人に靴を履かせてもらったことなんてありませんから……なんだか恥ずかしいんです」

消え入りそうな声に、返事はない。

馬鹿みたい。彼は心配して、親切でこうしてくれているだけ。それに本物の婚約者なら、これくらいの接触はきっと当たり前だ。

目を泳がせながらやり過ごそうとすると、一樹さんはなにを思ったのか、ふっと優しく笑った。その笑顔の意味が理解できずにいると、続いて彼は信じられない行動を取る。靴を履かせようと支えていた私の足首を緩やかに持ち上げ、甲との境目あたりに唇を寄せたのだ。

その光景があまりにも自然で、様になっていて、私は目を奪われる。靴を履いたところで、されたことをようやく自覚した。

「な、なんなんですか、今の⁉」

「靴を履かせただけだろ」

「いや、その前に余計な行動がありましたよね？　ね⁉」

動揺して責めるような口調になってしまう。一樹さんはものともせず、ゆっくりと立ち上がった。

「美和が、あまりにも可愛かったから」

もう開いた口が塞がらない。声を出せずにぱくぱくと口だけ動かしていると、一樹さんは私の頭にそっと手をのせてきた。

「無理させて悪かったな」

打って変わって神妙な声に、私は静かに首を左右に振る。

「いいえ。こちらこそすみません。美弥さんより私の身長が低いばっかりに……」

そこで口をつぐむ。

こんなことを一樹さんに言って、どうするつもりなの？

そのとき部屋のチャイムが鳴った。どうやら食事が運ばれてきたらしく、おかげで私と彼の意識もそちらに向いた。

結局さっきのことには触れられず、ふたりきりの晩餐会《ばんさんかい》が始まった。

「皆さん、それぞれ自分たちのブランドに誇りとこだわりを持っているんですね」

エキスポに参加したことで、多くの関係者の話を聞く機会があり、私は感心して一樹さんに話題を振った。

「センプレは、今はファッション的に楽しむものをメインにしているが、やはりブライダル系ももう少し増やした方がいいかもな」

「そうですね。女性が自分で買いやすいという魅力も残しつつ、ミーテとはまた違うタイプで、カップルをターゲットにした商品もいいかもしれません」

新商品を想像するとウキウキする。それにしても、一樹さんとこんなふうにセンプレの話ができるのが信じられない。専務と契約社員という会社での立場を考えたら、あり得ないことだ。でも今の彼は会社で見る顔より優しくて、素に近いように思う。

おかげで昨日よりずっと会話も弾んで、柔らかい雰囲気で食事ができたような気がして、そのことに心が和む。

そして食事が済み、少し休憩したところで、なにかの書類に目を通している彼に声をかけた。

「一樹さん、今日はシャワーをお先にどうぞ。お疲れでしょ？」

彼もやや着崩してはいるが、私たちはまだ交流会に参加したままの格好だった。

「でも、美和のその格好も疲れるだろ。足のこともあるし。俺はいいから、先に入ってくればいい」

「足はハイヒールを脱ぎましたから、もう大丈夫ですよ。それに、こんな素敵な格好でいる機会、ありありませんから、もうちょっと堪能しておきます」

「明日もあるだろ」

努めて明るく答えると、彼からは呆れたような声が返ってきた。でも、逆に言えば明日の夜で終わりなんだ。その事実が胸にちくりとした痛みを走らせる。

「今日は挨拶もできたから、明日は最初だけ一緒に顔を出してくれれば大丈夫だ」

「はい」

「無理にハイヒールを履かなくてもいいし、美和の好きな色のドレスを着たらいい」

とっさの返事に迷う。ここにいるのは仕事でだから、素直に『はい』と言っていいものか。

一樹さんはゆっくり立ち上がると、なにを思ったのかこちらに近づいてきた。私はつい身がまえて、一歩下がってしまう。背にはすぐ壁があって、ふたりでは十分に広い部屋にもかかわらず、あっという間に狭い空間に追いつめられる。

「あの」

前触れもなく目の前の彼に抱きしめられ、目を見張った。爽やかな香りが鼻孔をくすぐり、体温が瞬時に伝わってくる。

自分が今、素肌を晒している部分が多いので、余計に感触や温もりがダイレクトに伝わってきて熱が出そうだった。

「さっきローランド氏に言われたとき、美和があんなふうに返すとは思ってなかったから、少し驚いた」

そこで彼は回していた腕の力を緩め、覗き込むように私と視線を合わせた。互いの息遣いがわかりそうなほどの距離で、おもむろに口を開く。

「嬉しかったよ……仕事だから、だとしても」

そう言った彼の顔があまりにも切なくて、勝手に胸が締めつけられる。だから私は、あれこれ考える間もなく叫んでいた。

「そんなのじゃありません！」

突然の大声に、彼は驚いた表情になった。私は自分の立場を忘れて、思いきって本音を告げる。

「私、本当にセンプレのアクセサリーが好きなんです。ミーテに勤める前から知っていて。だから……個人的にはティエルナや他のアクセサリーブランドより、センプレの方が好きです」

『……美和は、センプレよりティエルナの方が好きなんだろ？』

さっきの一樹さんの発言を否定したいのもあって、必死だった。本当は会社の歓迎会で彼と初めて話したときに言いたかったことだ。あまりにも今さらすぎる気がして、小さく付け足す。

「その、信じてもらえないかもしれませんけど」

伏し目がちに言うと、彼の手が優しく私の頭を撫でてくれる。だから私はそっと彼の方を見た。

「信じるよ。美和のことは」

目を合わせて言ってくれる彼の顔があまりにも柔らかくて、胸が締めつけられる。もっと見ていたかったのに、それは再度彼にきつく抱きしめられたことで阻まれてしまった。

そして次の瞬間、声にならない悲鳴をあげた。首筋に生温かい感触を感じたからだ。

「な、なに、なに、するんですっ⁉」

震える声で抗議するも、一樹さんは私の首元にうずめた顔を上げることもなく、その体勢で返答してきた。

「美和があまりにも、無防備に肌を晒してるから」

「これは、そういう服じゃないですか！」

違う、そういう問題でもなくて！

しれっと言ってのける彼に対し、私はパニックを起こしそうだった。さっきといい、今といい、こんな触られ方は知らない。そうしている間にも、薄い皮膚にわざとらしく唇を寄せられ、体をすくめる。

「っや」

上擦った声が漏れてしまい、恥ずかしさで体を硬直させた。しばらくして彼が笑いを噛み殺しながら、ゆるゆると顔を上げる。

回していた両腕を力なく私の肩に置いて、こちらの顔を覗き込んできた。その表情は余裕たっぷりだ。

「このまま襲われたくなかったら、さっさと先にシャワーを浴びて、着替えてくるんだな」

口角を上げて告げられ、私は悟った。

どうやら私を先にバスルームに送り込ませるために、こんなことをしたらしい。だからって、他にもやり方があるんじゃない？

「っ、一樹さん、酔ってます？」

悔しくなって恨めしげに彼に尋ねた。お酒に強いイメージだったし、なによりあまり飲んでいなかったような。

「酔ってる」

「自分で言うって、酔ってないか、よっぽどってことですよ」

あまりの即答ぶりにため息をついた。

「酔ってたら許してくれるのか？」

なにを？と聞き返すのは憚《はばか》られて、彼から視線を逸らした。

「酔っていても、酔っていなくても駄目です。それに、こういうのはっ」

そこまで言いかけて口を閉じた。いつもみたいに『美弥さんと』と言いかけて、それを口にするのがこのときはできなかった。

不思議そうな顔をする彼の腕からそっと抜け出す。

「それにしても、一樹さんが冗談でもこんな行動を取る人とは思いませんでした」

「そうだな。俺もだよ」

非難したつもりがあっさりと同意され、毒気を抜かれる。私はもうバスルームに足を運ぶしかなかった。

そしてシャワーを浴びてゆっくり湯船に浸かり、体と足をほぐす。

靴擦れしたところはやはり痛む。後で絆創膏《ばんそうこう》でも貼っておこう。


バスタブから出たところで、さっぱりした真新しいガウンに身を包む。髪を乾かしながら、鏡に映った自分をふと見つめた。

さっきまでの面影はなく、魔法が解けた気になる。でも、これが本当の私の姿だ。

ドライヤーのスイッチを切り、気を取り直してからバスルームを出た。

一樹さんも疲れているだろうし、早く入ってもらおう。

声をかけようとドアを少し開けたところで、彼が誰かと話していることに気づいた。

「俺はお前が理解できないよ」

こちらに背中を向けているので、声をかけるタイミングを迷う。話し方から、仕事相手ではなさそうだ。

どうしよう。

とりあえず存在に気づいてもらおうと、一歩踏み出したそのときだった。

「片想いなんて、なにが楽しいんだ？　少なくとも俺はもう終わらせたい」

一樹さんの口から飛び出た言葉に、固まってしまった。足元が崩れるような錯覚に陥り、うるさくなりそうな胸を押さえる。

しばらく立ちすくんでから、思いきって「あの」と声をかけてしまった。すると、会話を続けていた彼がこちらを振り向く。その顔には驚きが広がっていた。

「美和」

「お話し中のところ、すみません。お風呂、先にありがとうございました」

「ああ」

なにも聞いていない、という態度で取り繕う。電話の向こうからなにやら声がして、彼が苦虫を噛み潰したような顔になった。そして私の方に電話を差し出してくる。

「幹弥だ。美和に代わってほしいらしい」

「桐生さん？」

電話の相手が桐生さんだったことにどこか安堵して、おずおずと電話を受け取った。

「俺もシャワーを浴びてくるから。適当なところで切ってかまわない。むしろ、さっさと切り上げろ」

その発言は相手に聞こえていたらしく、『そんな言い方、ないんじゃない？』と桐生さんの声が響いた。一樹さんの背中を見送り、私は電話を耳に当てる。

「もしもし？」

『美和ちゃん、こんばんは。一樹くんとはうまくやってる？　襲われてない？』

相変わらずテンション高めの桐生さんに苦笑した。

「大丈夫です。ちゃんと美弥さんの代わりができているか、不安ではありますが」

『心配はいらないよ。美和ちゃんは美和ちゃんらしくでいいんだって』

「あの、桐生さん」

さっきの一樹さんの発言が気になって、つい尋ねそうになった。それをぐっと思い留まる。

『どうしたの？』

「いえ、なんでもありません。すみません」

静かに返した。

なにを聞こうとしているんだろう。仕事以外のことで、そうではなくても本人のいないところで詮索するような真似は失礼だ。

重い沈黙が一瞬流れ、それを破ったのは桐生さんの明るい声だった。

『そうそう。さっき一樹くんに言い忘れたんだけど、美和ちゃん、伝言頼める？

〝明日、十五時にロビー横のカフェテラスで〟って伝えておいてほしいんだ』

「わかりました。桐生さん、こちらにいらっしゃるんですか?」

『うん。あまり時間は取らせないけど、ちょっと顔だけ出そうと思って』

「そうなんですか。明日、十五時にロビー横のカフェテラスで、ですね。ちゃんと伝えておきます」

しっかり頭に刻んで復唱したところで、急に神妙な声が聞こえてきた。

『あのさ、美和ちゃん、ごめんね』

「どうして桐生さんが謝るんですか?」

思わぬ謝罪に尋ね返すと、桐生さんはどこか歯切れが悪そうに答えてくれた。

『いや、実は今回の依頼はさ、俺が一樹くんに勧めたのもあったから。美和ちゃんには大変な思いをさせたんじゃないか、って』

「そんなことありませんよ!」

私は慌てて否定する。

どうやら美弥さんの代わりを用意するのを勧めたのは、桐生さんだったらしい。だからって謝られるようなことは、なにもない。

『まあ、後は一樹くん次第だと思うんだけどね』

「え？」

『ううん、こっちの話だよ。じゃあ、伝言よろしく』

「はい。承りました」

桐生さんが話を纏めると電話を切ってしまったので、私は忘れないように伝言をメモした。そして先に寝室に行くことにする。

今日は、どこで寝よう。

靴擦れの箇所に絆創膏を貼った後、ひとりで悩む。

昨日は流れで一樹さんと同じベッドで寝てしまったけれど、自分からここで待つのもなにか違う気がする。迷った末、奥の書斎のソファで横になることにした。

むしろここで先に寝てしまった方が、彼も観念してベッドを使うだろう。

今日は時間も遅いので、母にメールで業務報告をしておく。すぐに【お疲れ様。おやすみ】と絵文字付きの返信があったので、明かりを薄暗くし、ソファに横になって体を丸めた。

暖色系のライトにほんのり照らされた部屋は別世界だ。眠りを誘うのにちょうどいいと思う。

でも、体が疲れを訴えかけてくる一方で、私は興奮しているのか目が冴《さ》えていた。

原因は交流会に参加したことだけじゃない。さっきの一樹さんの発言がずっと頭に引っかかっている。

『片想いなんて、なにが楽しいんだ？　少なくとも俺はもう終わらせたい』

もう終わらせたい、というのは片想いのことなんだろう。彼は今、誰かに片想いをしているんだ。

そのとき部屋のドアがノックされ、私の体に緊張が走った。

昨日はここで真面目に返事をしてしまったからいけなかった。今日はもう無視。

すると部屋のドアががちゃりと開いたので、取り乱すのをぐっと耐えて、動かずに目を閉じていた。

「寝てるのか」

そうです、寝ているんです。

というのは声には出さずにじっとしていると、なにを思ったのか彼がゆっくりとこちらに近づいてきたのが気配で伝わった。

意図が読めずに、心拍数だけが上昇していく。ソファの背もたれに顔を向けているので、ソファの前に来た彼から私の顔は見えないはず。

なにをするつもりなのか、と緊張していると、彼の手がそっと頭の上に置かれた。

慈しむように優しく撫でられ、その感触に困惑する。そして――。

「にぁ⁉」

あまりの不意打ちに変な声をあげてしまったけれど、それを気にしている場合でもない。体を起こして急いで耳を手で覆った。彼が頭を撫でていた手をゆっくりと滑らせ、わざと私の耳に触れたのだ。

「やっぱり、フリか」

「ちょっと、卑怯《ひきょう》じゃないですか！」

どこか確信を持って言う一樹さんに噛みつく。彼は何食わぬ顔だ。

「狸《たぬき》寝入りをする美和に言われたくない」

「違います。もうすぐ寝られそうだったのを、一樹さんが起こしたんです」

「それは悪かったたな」

「全然悪いと思っていませんよね？」

ああ、もう。彼といるとこんなにも調子を狂わされる。

両耳を手で塞ぎながら言っても、まったく格好がつかない。

「嫌なら昨日同様、無理やり連れてくが」

「駄目です。そもそも一緒に寝るとか契約外です」

「当たり前だ。むしろ契約に含まれてたら困る」

彼の切り返しに、私の頭はますます混乱する。するといきなり彼が顔を歪めて頭《こうべ》を垂れたので、私は不安に襲われた。

「え、どうされました？」

「眠い」

三音の返事に目が点になる。どこか調子でも悪いのかと思ったら……。

「早く寝てくださいよ」

「そうしたいんだが、美和が言うことを聞かないから」

「私は関係ないでしょ」

思えば、交流会の会場を後にするときから、彼は疲れ気味だった。まだ明日もあるのに。

そうしていると、彼が私を力なく抱きしめてきた。肩にのせられた頭はかなり重い。

早く休ませないと、と気が逸り、私は決意する。

「わかりました。一緒に寝てあげますから、とにかくもう休んでください！」

依頼者に対してかなり上からのもの言いなのは、この際気にしないことにした。

こうしてなんだかんだ言って、私は昨日と同じく、寝室に移動して彼とベッドで寝ることになってしまった。

距離を取って横になると、一樹さんは当然のように私を引き寄せ、自分と密着するように抱きかかえた。抗議しようとしたところで、先に口を開いたのは彼の方だった。

「足は、大丈夫なのか?」

真面目に尋ねられ、体勢云々よりもそちらの返事を優先する。

「はい。たいしたことありませんよ。ご心配をおかけして、すみません」

「俺の方こそ悪かったな」

「どうして一樹さんが謝るんですか?」

その問いかけに答えはなく、一樹さんは再度私を強く抱きしめた。

眠い、と言っていたのは嘘ではないらしい。それから彼はあっさりと意識を手放し、規則正しい寝息をたて始めた。

彼にとって私って、婚約者というより、ペットみたいなものなのかも。

腕の中で身動きせずにこっそり思う。

なんで片想いの人がいるくせに、私とこんなことをするの?

……代わり、だから?

そこで、さっきから疑問に思っていたことの答えがあっさりと見つかる。

彼の片想いの相手が誰なのかなど、迷うことではない。

――美弥さんしかいない。

『彼女は俺のことを、異性としてはなんとも思ってないだろうから』

『怒らないさ。彼女は俺が誰となにをしようと関係ないからな』

美弥さんが一樹さんのことをどう思っているのかは、一樹さんの口から聞いてきた。

ただ、彼自身が美弥さんのことをどう思っているのかということは知らないし、尋ねたこともない。

でも彼が美弥さんの話をするときは、どこか優しそうで……。

そもそもお互いにまったくその気がないなら、どうしてお金を払ってまで彼女の代役を立てたりしたの？　名前が一字違いというだけで、あまりよく思っていなかった私を指名までしてきて。

ご両親への手前？　ただ、彼の話し方から、そこまで強制的な感じも受けなかった。けれど、誰でもいいわけじゃない。彼女の代役が必要だった。そこまでして美弥さんを婚約者にしておかないといけない理由は……。

『後に引けなくなった、とでもいうんでしょうかね。外堀を埋められたというか。そこまで想ってくれるなら、って私も結婚を前向きに考えられたの』

静江さんが嬉しそうに言い放った言葉が、今は胸を締めつける。一樹さんも同じなのかもしれない。

それに私が美弥さんのことを口にしたり、彼女に似せようと髪や好みを合わせたりしたら、彼はどことなく不機嫌で嫌そうだった。

……美弥さんとのことを意識させられるから？

いろいろなことが腑《ふ》に落ちて、彼の言動が納得できたところで、私の心はじゅくじゅくと痛みに侵食されていた。

私、なんでこんなにつらいの？

目に力を入れて、泣きそうになるのを必死に堪える。

代わりがいくらでもいるって言われて仕事を辞めたときよりも、元彼に他の女性を選ばれてフラれたときよりも、今の方がずっと痛くて苦しい。

今回は、最初から〝代わり〟だってわかっていたのに。婚約指輪だって、美弥さんのために用意されていたものだって気づいていた。

「美和？」

突然、掠れた声で名前を呼ばれ、体を硬くした。混乱の中で身じろぎしていたので、彼を起こしたらしい。

おそるおそる顔を上げると、薄明かりの中、一樹さんが寝ぼけまなこながらも心配そうにこちらの様子を窺っていた。

「どうした？　気分でも悪いのか？」

「い、いえ。すみません。ちょっと、怖い夢を見て」

やや早口で私は静かに返す。そして、ぱっと口にした言い訳を口実に、ベッドから抜け出そうと思った。でも行動を起こす前に、彼に強く抱きしめ直される。

「大丈夫。俺がそばにいるから。だから、もう悪い夢は見ない」

暗示のように強く告げられ、彼の温もりに包まれる。理由もはっきりせずに私は泣きたくなった。

『思う存分甘やかしてやる。仕事だって忘れるほどに』

彼がこうして甘やかしたい相手は他にいて、それが叶わないから、代わりの私に優しくしてくれるの？

だったらどうなの。最初から仕事として代わりの婚約者を演じているんだ。今さら傷つくとか馬鹿すぎる。

無意識に、ぎゅっと握り拳を作った。

大丈夫。明日で彼の婚約者を演じるのも終わる。その後は同じ会社とはいえ、接点のない、専務とただの契約社員に戻るだけ。そうすればこの特別な感情もきっと消える。消さなければいけない。

それから私は一樹さんの言う通り、悪い夢を見ることはなかった。

自分の中で寄せては返す波のような感情と格闘して、ほとんど眠ることができなかったから。

契約終了に伴い今の関係は破棄します

朝になり、一樹さんは律儀にも早起きしてくれた。私が言った朝食ブッフェに出かける約束を守るために。

自分が言いだしたこととはいえ、素直に喜ぶことができない。

身支度を済ませようと鏡の前に立ち、そこで自分の顔のひどさに愕然とした。目が充血気味で、クマもうっすらとできている。顔色も悪くて化粧のノリも最悪だ。起きたときに『大丈夫か？』と心配されたことを思い出し、消えてしまいたくなった。

情けない。美弥さんなら、絶対にこんな姿を彼の前に晒したりしないだろうな……。

その考えに至って、自分の頬を軽く叩いた。気を引きしめ直して、無心でヘアアイロンを使い、髪をまっすぐにしていく。

これは仕事なんだから、余計な感情はいらない。彼の望む婚約者を演じて、役に立てたらそれでいいんだ。

ひと通りの支度を終え、鏡の向こうにいる自分に最後に笑いかけてみる。どことなく無理している感はあるが、心配をかけるよりはマシだ。

リビングに戻ると、一樹さんはスーツに着替えて書類を確認していた。その姿は会社で見る専務そのもので、おかげで彼との距離感を冷静に思い出すことができた。

「すみません、お待たせしました」

ひと息ついて声をかけると、彼の視線がこちらに向いた。

「体調は平気なのか？」

「大丈夫ですよ。それに、もう残すところ今日だけですからね」

極力明るい声で返し、確認するよう続けざまに尋ねる。

「メモはご覧になりました？」

昨日、桐生さんに頼まれていた伝言を、一樹さんに口で伝える前に奥の部屋に行ってしまったので、一応書き置きを残していたのだ。

「ああ」

「桐生さんがいらっしゃるなら、私も挨拶した方がいいでしょうか？」

「その必要はない。少し顔を出すだけらしいから、美和は部屋で休んでたらいい」

「でも……」

やんわりと拒否しようとする私に、彼のきっぱりとした文句が続けられた。

「あまり眠れてないんだろ？　夜もあるんだし、ちゃんと休んどけ」

会社仕様の口調に、返す言葉に詰まる。すると一樹さんはため息をついて、私の方に歩み寄ってきた。

「どうせもう一泊借りてるし、午後のエキスポは俺だけ参加すればいいものばかりだから。それに……」

私の前で足を止めた一樹さんは、確かめるように私の頬にそっと触れた。

触れられたことに、思わず一歩引いてしまいそうになる。そのことが原因かどうかはわからないが、彼は整った顔をわずかに歪めた。

「美和が眠れなかったのは、俺のせいだろ？　俺が無理やり一緒のベッドに連れてったから」

「違いますよ！　それは関係ありません」

まさか彼が責任を感じていたとは微塵も思わなかったので、私は即座に否定した。

だったら、なぜ？と彼の顔に疑問が浮かんでいる。

「ちょっと、夢見が悪くて……その、それだけです。仕事に支障はきたさないようにしますから。すみません」

なにかを突っ込まれる前に、とにかく笑った。

「行きましょう。私、お腹空きました」

一樹さんは完全に納得しきれてはいないようだけれど、短く同意してくれたので、私は自分が眠れなかったことへの話題を強制的に終了させて、朝食会場に向かうように促した。

ホテルの朝食ブッフェは、さすがとしか言いようがないレベルのものだった。和洋折衷の品数はもちろん、シェフが目の前で好みの硬さにオムレツを作ってくれるし、サラダに使われる野菜は、契約農家から直送の新鮮なものが用いられている。パンは焼きたてで、ヨーグルトや蜂蜜などもどれも超一流メーカーのものだ。言うまでもなく料理のレベルも高い。

プライベートで訪れていたら、きっと喜々としてあれこれ回って食べていたかもしれない。でも、このときの私は睡眠不足や緊張もあって、あまり食べられなかった。なんとなく頭も重い。

「張り切っていたわりには、それほど食べないんだな」

食事を終えたところで、そのことを彼からも指摘される。

「見ているだけで、もうお腹いっぱいになっちゃいました」

「まるで子どもだな」

呆れるというよりおかしそうに言いながら、彼はコーヒーに口をつける。

「でも雰囲気は堪能できました。すみません、せっかく付き合ってくださったのに」

「美和が楽しんだなら、それでいい」

あまりにも躊躇いなく放たれた台詞に、自然と体温が上がりそうになる。それをごまかしたくなって、ひねくれた言葉を続けた。

「一樹さん、私のこと、子ども扱いしてます？」

最初に、熱を出さないかって心配されたし、さっきも言われたし。

すると彼はかすかに笑った。

「美和の場合、川でのエピソードが強烈すぎて。渡りたいから石で橋を作ろうとして結果的に落ちるとか、危なっかしくてしょうがない」

「だから、あれは子どものときの話です。今はもう大人なんだからしません！」

つい、むきになって返してしまう。

駄目だ。美弥さんならきっと川でそんなことはしないし、こんな反応だってしない。一樹さんだって――。

「私は……一樹さんみたいに、川で瑪瑙を見つけたりできませんから」

「見つけたのは運だろ。でも、自分の引きのよさには何度も感謝してる」

自分の皮肉めいた言い方に落ち込む暇もなく、あっさりと返事をされたことに心がざわつく。彼と自分との違いを思い知らされた気がして。

私は伏し目がちに、ぬるくなった紅茶に口をつけた。それから今日のスケジュールを確認する。

午前中はステージショーを鑑賞する予定だ。これは密かに楽しみにしていたので、私の心は少しだけ浮上した。


華やかなステージショーは私を高揚させた。メインがジュエリーであることを意識したコーディネートはどれも素敵で、モデルたちの優雅な歩きっぷりにも見とれずにはいられない。アップテンポな音楽に合わせてライトも切り替わり、宝石たちはどれも眩い光を放っていた。すごい熱気に魅せられる。

会場を出た後も残像と音楽が目と耳に残って、どこか揺れている感覚に陥る。見ていただけでも、思った以上に体力を使ってしまったらしい。

この後、一樹さんとは別行動だから、ここはおとなしく部屋で休ませてもらおう。

一樹さんは知り合いの経営者の方と話をしていた。それが終わったタイミングで声をかける。

「あの、一樹さん」

部屋に戻る旨を告げようとしたところで、ぐらりと世界が回る。彼と視線が交わるが、なぜかぼやけて映った。

あれ？　なんだか目の奥がちかちかする。

重たい頭を押さえようとする前に、足元が崩れた。

「美和！」

目は向けられず、私を呼ぶ一樹さんの声が耳に届くだけ。

ああ、いつも冷静な彼がこんなふうに声にまで狼狽《ろうばい》の色が出るのは、初めてかもしれない。

そういったことを思いながらも、体のコントロールが利かずに、私の意識はブラックアウトした。


重い瞼を開けると、心配そうにこちらを見下ろしている彼の姿が目に映る。

「こ、こは？」

自分が仰向けになっているのは理解できた。ただ、すぐに体が起こせない。目だけ動かして辺りを見回すが、借りていたホテルの部屋ではない。

「倒れたのを覚えてるか？　スタッフが会場の近くの部屋を用意してくれたんだ。専属の医者いわく、疲れからくる貧血か、人混みで起こる血管迷走神経反射だろうって。気分は？」

「大……丈夫です」

そこで私は半ば強制的に上半身を起こす。ところがすぐに体がふらつき、それを一樹さんが支えてくれた。

「無理しなくてもいいから。まだ横になっておけ」

命令とまではいかずとも、強めの口調につい肩が震える。

「ご、ご迷惑をおかけして、すみませんでした」

彼の顔を見られずに、謝罪する。

仕事で来ている身で、こんなふうに彼に面倒をかけるとは。自分の至らなさに自己嫌悪する。

「謝るのは俺の方だ」

静かに紡がれた彼の言葉に、ゆっくりと顔を上げた。すると一樹さんは、労わるように私の頬に優しく触れる。思わず体をすくめると、彼の顔がさらに曇った。

「美和の体調が悪いってわかってたのに付き合わせて。思えば、ここに来てから気の休まる暇なんてずっとなかっただろ。無理をさせてばかりだったから」

後悔するような、切なそうな表情に、私は静かに首を横に振った。

「そんなこと、ないです。さっきのショーは観たかったですし、実際にすごく素敵でした。でも私、ここに来ている理由は仕事ですから。依頼人である一樹さんに心配までおかけして……」

「婚約者の心配をして、なにが悪い？」

ぐいっと額がくっつきそうなほどに距離を縮められ、放たれた言葉に息を呑む。それから彼は、ぎこちなく私を抱きしめた。

「婚約者の心配をするのは、迷惑じゃなくて当然のことだろ。たいしたことがなくてよかった」

婚約者の代わりとか、仕事だとかそういった事情は関係なく、本当に安堵したというのが伝わってくる。私自身を気遣ってくれているのが。

彼の温もりに包まれながら、私もぎこちなく彼の背中に腕を回した。まだ頭は重くてふらふらする。だから、一樹さんに甘えるようにおとなしく身を委ねた。

「……もう少しだけ、こうしてもらっていてもいいですか？」

声が震えるのは、怖さもあったから。

拒絶されたら、断られたらどうしよう。だってこのお願いは、仕事とはまったく関係ないものだから。私は本物の婚約者じゃない。

「美和が望むのなら」

それでも私の不安を消すかのように、一樹さんは穏やかに返事をすると、優しく私を抱きしめてくれた。そっと頭を撫でられ、なんだか重たい鉛のようなものが溶けていく気がする。


少し症状が回復した私はホテルの部屋に戻り、ベッドで仰向けになって、夢と現実の間を行き来していた。

『午後の仕事はキャンセルする』と言いだす一樹さんを必死に説得して、なんとか仕事に向かってもらったのが十二時ちょっと前の話。

本当は私もエキスポに参加するのは今日で最後だし、他のイベントブースを見たかった。とはいえ、こればかりは自業自得だ。その代わり、この後だけは絶対にはずせないし、失敗するわけにはいかない。彼の婚約者として参加するのは今晩の交流会が最後になる。

終わりが何時になるか予想できないので、この部屋は余分にもう一泊取っている。

でも私は、ある程度の時間で終了したらタクシーで帰ろうと、こっそり決意する。これ以上彼といるのは、よくない気がして。

不規則に睡眠を取りながらも、だいぶ体調は回復した。そこで私は、がばりと身を起こす。時計を見れば午後二時半。

『〝明日、十五時にロビー横のカフェテラスで〟って伝えておいてほしいんだ』

一樹さんは私に、顔を出さなくてかまわない、と言ったけれど、やはり挨拶はしておこう。

時間を逆算して、まずは軽く化粧をしようとベッドから下り立った。

ロビー横のカフェテラスは開放的な空間になっていて、赤い絨毯《じゅうたん》の上に白いクロスのかかったテーブルが並んでいる。午後の時間はアフタヌーンティーサービスを行っているらしい。

十五時五分前にロビーに着いた私はエレベーターを降りて、きょろきょろと辺りを見回した。そしてカフェテラスの出入口から少し離れた柱のところに、一樹さんが立っているのを発見する。

その隣には、眼鏡をかけてスーツ姿の桐生さんもいた。男性ふたりに使う表現ではないかもしれないが、なかなか絵になる。あそこだけ空気が違うというか。

とにかく間に合ってよかった。ふたりは談笑しているようだ。カフェには入らないのかな？

疑問を抱きながらも、場所が場所なだけに、ゆっくりとふたりに近づく。すると、ふたりの視線が同時に同じ方向に向いた。私とは反対の方向へ。

どうして？

私は金縛りにでもあったかのように、その場から動けなくなる。笑顔でふたりに駆け寄ってきたのは若い女性だった。

――美弥さん？

すぐに誰だか認識した。写真でしか見たことはなくても、その姿は目に焼きついている。

絹のようにまっすぐでサラサラの髪に、甘さのある大きな瞳。嬉しそうに細められているその目は、一樹さんに向けられていた。今、彼がどんな顔を美弥さんの方に向けているのかは、ここからはわからない。でも想像もしたくない。

そして三人はカフェテラスに向かっていく。いつの間にか金縛りは解けていて、呆《ぼう》然《ぜん》としながら私は静かに踵を返した。

部屋に戻って、ベッドに突っ伏す。どういった経緯であの場に美弥さんもいたのかは見当もつかない。彼女の都合がつかないから、今回の同行を私に頼んだって聞いたのに。

美弥さんがいた理由を探ってどうなるの？

お金を払って依頼されたなら、仕事として引き受けたなら、一樹さんの個人的な事情に私が首を突っ込む権利はない。

そうやって自分で必死に線引きしていたことが、今は胸を締めつける。

一樹さんから、美弥さんは自分のことをなんとも思っていない、とは聞かされていた。ただ、さっきの彼女の笑顔からすると、ふたりの仲は決して悪くないようだった。

当たり前か、婚約者なんだから。

そこですぐさま自分の思考回路に嫌気が差す。

私、美弥さんと一樹さんの仲があまりよくないことを期待していた？　一樹さんの一方的な片想いだったら、なんて。

どうしてかなど考えることもできないほど、体の奥からじわじわと痛みが生まれてくる。

答えはとっくに知っている。ただ、この気持ちに、この痛みに気づかないフリをしていただけ。

『美和』

優しく私の名前を呼ぶから。

『自分の気持ちにまで嘘をつかなくてもいい』

自分でも必死に言い聞かせてごまかしてきた気持ちに対して、あんなふうに言ってくれるから。

どうしよう。彼への気持ちを抑えることができない。こんなのエキストラ失格だ。

こっちが感情移入してどうするの。線引きだけは、きちっとしないと。

視界が勝手にじんわりと滲む。浮かぶのは、さっき彼に向けていた美弥さんの笑顔だった。

ああそうか。彼はあんなふうに笑ってほしかったんだ。あんなの、私には無理に決まっている。

私は強く目を瞑った。

もう少しで彼の婚約者の代役も終わる。だからそれまでは自分の気持ちに蓋をして、きっちりと依頼をこなそう。

るように。

嘘をつくのが、つき通すのがこの仕事だ。

美弥さんの代わりを、完璧とまではいかなくても、せめて彼の望む通り、役に立てるように。

夜の交流会に向けて、ドレスに着替えて化粧を済ませた頃に一樹さんは戻ってきた。

「体調は大丈夫なのか?」

「はい。ご心配をおかけしました。もうすっかりよくなりましたよ。桐生さんには会えましたか?」

帰ってきた彼に、笑顔で話しかける。

「ああ。美和にもよろしく伝えてくれって」

「お気遣いありがとうございます」

そこで一樹さんの視線がじっとこちらを向いたので、一瞬たじろいだ。すると彼は、ふっと気の抜けたような笑みを浮かべる。

「美和にはそっちの方がよく似合ってるな」

「……お言葉に甘えて、青を着ちゃいました」

平常心!と言い聞かせ、私は笑った。

昨日の赤のドレスとは対照的に、今日はブルーのドレスに身を包んでいる。個人的に好みなのは青なので、彼の言葉がどうもくすぐったい。でも、こうして褒めてくれるのも私が婚約者役だからだ。

一樹さんは椅子に腰かけると、ジャケットを脱いでネクタイを緩める。その仕草にいちいち目を奪われてしまうものの、私は後ろから近づき、彼の上着を受け取ることにした。

「少し休まれてはどうですか？」

「そうだな」

手を差し出すとその上に素直にジャケットが渡されたので、ハンガーにかけておくことにする。

「私はその間、髪をセットしておきますね」

こういうとき、準備にかける男性と女性の時間や手間には差がありすぎる、と心底思う。そこまで支度に時間をかける方ではないけれど、彼の婚約者としては念入りに準備しなくちゃ。

寝てしまったのもあるし、もう一回ヘアアイロンをしておこう、と自分の髪先に目をやったときだった。

「美和」

呼び止められ、振り向く。一樹さんは椅子の背もたれに腕をかけて体をひねり、こちらに顔を向けていた。

「なんでしょうか?」

なにか注意することでもあるのかと、首を傾げる。一樹さんにちょいちょいと手招きをされ、意味がわからないながらも再び近づくと、彼は背もたれにのせていた腕を私の方に伸ばしてきた。

滑るように彼の指が私の髪先をすくい、漆黒の瞳でこちらを見上げてくる。

「髪は、この前のときみたいに巻いてる方がいい」

この前、というのはいつのことなのか。

記憶を辿《たど》ってみると、彼と会って髪を巻いていたのは、このドレスを買いに行ったときくらいだ。

「でも」

美弥さんの髪はストレートだ。さっき会った彼女の姿が脳裏をよぎり、かすかに走る胸の痛みに顔を歪める。

そんなことを彼は知る由もなく、私の髪を軽く引いた。

「巻いてる方が似合ってるし、可愛いと思う」

彼を見下ろしている顔に自然と熱がこもり、頭を上げた。

「お、おだててもなにも出てきませんけど？」

「なにか出してほしいわけじゃない。婚約者として素直な意見を言ったまでだ」

飾らないもの言いに、逸る鼓動を抑えるようにして彼から距離を取る。

「そ、それは、貴重なアドバイスをありがとうございます」

かしこまった言い方に、彼はおかしそうに笑った。

「それで、聞いてくれるのか？」

「っ、考えておきます」

ぶっきらぼうに小さく言い放ち、逃げるようにして彼に背を向けた。おかげで今、彼がどんな顔をしているのかは確かめることができない。

本当なら、代役の美弥さんを意識した格好の方がいいに決まっている。依頼者の意向とはいえ、そう勧めるべきだった。

どうしよう。私らしくない。

急いでドレッサールームに移動し、ドレッサーの前に座って、しばらく鏡の中の自分と格闘する。

ストレートか、巻くべきか。悩みながらも、最終的にヘアアイロンで髪をおとなしく巻いていくことにした。

依頼者である彼の希望だし、と言い訳をしつつ、どうしたって私情が入っている。やっぱり嬉しかった。私自身を見てくれた気がして。

それが気のせいだとしても、彼の言う通り、今は私が婚約者だから気を使ってくれたのだとしても、どんな理由でもこの際かまわない。

だって、彼の思惑がどうであれ、彼の婚約者としてそばにいられるのは、もう少しだけなんだから。

時計を改めて確認する。刻々と契約終了の時間は近づいていた。

昨日の深紅のドレスがチューブトップだった一方で、今日のドレスは肩紐《かたひも》がついている。おかげで、だいぶ気持ちが違う。

髪型はせっかく巻いたことだし、アップにはせず横に流して大きめの髪飾りをつけることにした。思ったよりも時間がかからずに支度を終える。

ずっと美弥さんを意識していたけれど、今の私は〝鈴木美和〟そのものだった。一樹さんはどんな反応をするだろうか、と緊張しながらドレッサールームを後にして、リビングに顔を出す。

静かすぎる部屋で、彼はさっきの椅子に座った状態で腕を組み、目を閉じていた。その体勢はどうしたってつらい気が。会社でもあるまいし、と思いながら、それくらい疲れているのだと考え直す。気が休まる暇がないのは私も彼も同じだ。しかも、本物の婚約者でもない私と一緒にいるわけだし。

まだ交流会までは時間がある。音をたてないように寝室からブランケットを持ってくると、忍び足で彼に近づいた。

ブランケットをかける前に、つい彼の寝顔に目を奪われる。鋭い眼光を放つ漆黒の瞳は瞼の裏に隠れていて、長い睫毛《まつげ》が影を作りそうだ。どこか幼さも残っていて、私は軽く笑った。こんな無防備な姿の彼を見ることも、きっともうない。

やっぱりちょっとだけ寂しいな。

そっとブランケットをかけようとしたところで、反射的に腕を取られ、心臓が止まりそうになった。

「美和？」

うっすらと目を開けた一樹さんが、私の手首を掴みつつ呟く。

「すみません。そのままだと風邪をひかれると思って。でも、まだ時間もありますし、休むならちゃんと横になった方がいいですよ」

早口で捲し立てると、彼は目を細めて、腕を捕らえていた手をずらし、私の指先に触れた。

「髪、巻いてくれたんだな」

「い、依頼者に言われたら、聞かないわけにはいきませんからね」

不意打ちの指摘に、私はついぶっきらぼうな言い方になった。彼は寝起きだからか表情が幾分か柔らかくて、そのことがさらに鼓動を速くする。

「そこは素直に、婚約者でいいんじゃないか?」

あまりにもさらっと訂正され、話を逸らすように言い放った。

「一樹さん、寝ぼけてます?」

「寝ぼけてる」

こんな感じのやり取りは昨晩もした気がする。だから同じように返そうと思ったところで、掴まれていた腕が彼の方に引かれた。ぎこちなく背中に腕を回され、彼はうつむき気味に私に頭を寄せる。

「美和には、そっちの方がいい」

「……ありがとうございます」

私には?

彼がどんな顔でそう言っているのかは想像できない。ただ、私の内心は複雑だった。美弥さんと比べて言われている気がして。

そこで我に返る。

「一樹さん、眠いならベッドへどうぞ。ここで寝たら駄目ですよ」

「わかってる。でもこっちの方が癒される」

子どもじみた言い分に肩をすくめた。

「あなたに必要なのは癒しではなく、休息だと思いますけど」

わざとらしく事務的な口調で告げる。それとは裏腹に、心の中はまったくの逆。回された腕の感触、密着した部分からかすかに伝わる体温……そのなにもかもが私の心を掻き乱していく。

でも、彼だって人間なんだから、たまには誰かに甘えたり、人肌恋しくなったりするのかも。もし美弥さんに片想いをしているなら、彼女に対してこんなふうにはできないだろうし。私は代わりだから、遠慮がないのかもしれない。

何度も言うように、こんなのは契約外だ。それを今は口にしなかった。その代わり、ゆっくりと彼の頭に手をのせる。そろそろと撫でると、柔らかい黒髪が手の中で滑っていった。

「お疲れ様です、一樹さん」

彼からの返事はない。ただ、背中に回された腕の力だけが強められた。

さあ、これでもうおしまい。十二時まで待つ必要もない。この交流会が終われば私の仕事も、彼の婚約者としての自分も終わりを迎える。魔法は解けるんだ。


部屋を出る際に鏡で最終チェックをしながら、集中して気合いを入れ直す。今日はドレスの色に合わせて、胸元にはサファイアのネックレスが光っていた。

もちろん一樹さんが選んでくれたものだ。偶然にも私の好きなサファイアで、どこか体に力が入る。

うん。やっぱりアクセサリーはセンプレがいいな。つけるだけで元気をもらえる。

「お待たせしました」

ドアのところで待っていてくれた一樹さんに声をかけた。彼はいつも通り、仕事で見せる涼しげな表情になっている。彼をじっと見つめて私は口を開いた。

「一樹さん、残りわずかですが、最後まで美弥さんの代わりとして精いっぱい婚約者を演じますから」

誓うようにして告げると、彼の顔がわずかに曇った……気がした。美弥さんの名前を出したことがまずかったのだろうか、と一瞬不安になる。

「無理を言って、悪かったな」

ところが彼から返ってきたのは、意外にも謝罪の言葉だった。今さら、と思いながらも私は慌てて否定する。

「いえ！　これが私の仕事です。だから一樹さんは気にしないでくださいね」

とびっきりの営業スマイルを見せたが、彼の顔は複雑そうだ。

やっぱり私に、美弥さんみたいな明るい笑顔はどうしたって難しい。一樹さんの反応で思い知らされながら、私たちは昨日と同じホールに足を運ぶことになった。


会場は、飾られている花やクロスの色などを変えることによって、昨日とは異なる空間に彩られていた。並んでいる料理も昨日とは趣向が変わっていて、参加者たちを飽きさせることのない工夫が随所に見られる。

まだエキスポ自体は続くし、引き続き参加する人たちもいるものの、関係者たちを招いての特別開催などはこれで終了だ。

主催者や、付き合いのある企業の関係者への挨拶などは昨日しておいたので、今日はあまり気負う必要はなかった。

ただ、二回目とはいえ、この華やかな雰囲気はあまりにも分不相応というか、場違いすぎて、いるだけで気疲れしそうになる。

でもそれを顔には出さずに、私は彼のそばに立っていた。幸泉夫妻とも広い会場の中で再び出会い、静江さんは昨日とは違う着物を着ていたので、お互いの格好を褒め合ったりもした。

「あなた、昨日も素敵だったけれど、そっちの方がずっと似合ってるわ」

「ありがとうございます」

会話を楽しみながらも、私は気を揉《も》んでいた。一度きりならまだしも、静江さんと会うのは三回目になる。昨日は一樹さんがいたからこそ、彼女が私たちの存在を思い出したとはいえ、このままでは私まで彼女に覚えられてしまうという危惧があったから。この三日間で会った人たちには、彼の婚約者は〝鈴木〟という名字の女性だということだけが印象に残ったらいい。

ただ、人間の記憶は曖昧だから、次に彼の隣に美弥さんがいて『鈴木です』と名乗れば、記憶を上塗りしてくれることを期待するしかない。

一樹さんも思うところがあったのか、「タイミングを見計らって、会場の外に出よう」と声をかけてきた。もちろん異論はない。

昨日と同じように早めの退出だったが、今日は二回目ということもあるからか、特に誰かから声をかけられることもなかった。

重厚なドアをスタッフが開けてくれて、ホールを出る。がらりと空気が変わり、私たちを待ちかまえているのは静寂だった。酸素を求めるように無意識に深呼吸をする。

華やかなお城を去ったシンデレラは、こんな気持ちだったのかもしれない。とはいっても、私の隣にはまだ彼がいた。

「一度、部屋に戻るだろ?」

時計を見ながら尋ねてくる彼に、軽く頷いた。

「そうですね。着替えもしないといけませんし」

まだ九時にもなっていない。これなら泊まらなくても、今日中にタクシーで家に帰れそうだ。一樹さんはお酒を飲んでいるし、会場には車で来ているからもう一泊したらいいだろうけれど、そこに私は必要ない。

もう終わりなんだ。

「一樹さん、ありがとうございます」

突然のお礼に、彼は目を丸くしてこちらを見た。

「それは、こっちの台詞だと思うんだが」

らえた。

「そう……かもしれません。でも私、あなたとご一緒できて嬉しかったです」

最初はとんでもない依頼だと思ったし、さらに専務が相手だなんて、と悩んだ。

でも、この依頼を引き受けて彼を知ることができた。見たことのない顔を見せてもらえた。

ただし契約上、ここであったことはすべて忘れなくてはならない。次に彼と会ったときは、もうなにも知らないフリをしないと。

「美和」

「鈴木さん？」

彼が私の名前を呼んでなにかを言いかけた声と、私が呼び止められた声が重なる。

呼ばれた方を振り向いて、私は大きく目を開けて固まった。

「鈴木美和さん、だよね。オフィス・ベルベリーの」

そこには昨日会場でお会いした、ファッションブランド・ミッテルの代表である中嶋社長の息子であり、ティエルナを起ち上げた中嶋雅雄《まさお》さんがいた。

このエキスポには参加しないと聞いていた彼が、どうしてここに？

そう思った矢先、中嶋さんはこちらに歩み寄ってきた。

「親父から、高瀬さんのところの息子が婚約者を連れてるって聞いて、それはぜひお目にかからないとって思ったんだ。だからこうして、無理を言って今日来させてもらったんだけど……」

彼の笑みはお世辞にも、あまり上品なものとは言えなかった。一樹さんよりも確かふたつほど年上だと聞いている。でも、落ち着きぶりは一樹さんの方が圧倒的に上だと思う。茶色に染めている長い髪はお洒落《しゃれ》とは言えず、話し方からしてもどこか軽い感じがした。

でも、今考えるべきはそこじゃない。中嶋さんはエキストラの依頼を初めて行うときに、うちの事務所にやってきた。正式に依頼を受けることになって、軽く挨拶したことを思い出す。まさかこんなところで会うとは。

心臓が早鐘のように打ちだし、背中に嫌な汗が伝った。

中嶋さんは私たちの前までやってくると、顔を上下に動かし、あからさまに不躾な視線を私によこしてくる。一樹さんは私を庇うように肩を抱いて、自分の方に引き寄せた。

「驚いた。まさかエキストラにお願いして婚約者を用意させるとか」

「なんの話ですか？」

仰々しく告げる中嶋さんに、一樹さんが冷たく言い放つ。中嶋さんは貼りつけたような笑顔を崩さない。

「またまたー。とぼけなくてもいいよ。おかしいと思ったんだ。高瀬くん、今まで口では言ってても、こういった場に婚約者を連れてきたことはなかったし。モテる男は大変だ。でも考えたよね、お金でなんとか婚約者を用意しようなんて」

「まったくの見当違いをなさっているようですが？　彼女の実家のことは聞いています。でも、それと今回の件は関係ありませんよ。彼女は本当に私の婚約者ですから」

動揺を欠片《かけら》も見せることなく、きっぱりと言いきる一樹さんに、少しだけ中嶋さんがたじろいだ。だからか私に話題を振ってくる。

「鈴木さん、本当？」

本当じゃなくても、本当でも、私の答えは決まっている。

「本当ですよ。私、普段はミーテの社員なんです。そこで一樹さんと知り合って……」

エキストラを引き受けたことのある中嶋さんに、プライベートの情報を告げるのは躊躇われたけれど、この場合はしょうがない。私は甘えるように一樹さんの腕に自分の腕を絡めた。

人が少ないとはいえ、多少の出入りがあるのも事実だ。誰が聞いているかわからない中で、今はとにかくこの話を終了させなくては、という気持ちでいっぱいになる。

中嶋さんはやや不満そうな面持ちで、私たちから一歩距離を空けた。

「ふーん、まあいいや。最初に事務所で見かけたときから、鈴木さんのこと、気に入ってたんだ。仕事も完璧にこなしてくれるし、君の存在は大きいよ」

「ありがとうございます。ですが、仕事の話は事務所へどうぞ」

「そうだね。なら俺も鈴木さんに婚約者役をお願いしようかな。親父がいろいろとうるさくてさ。……まあ、本当に君が高瀬くんの婚約者なら、無理な話だろうけど」

中嶋さんの挑発めいた言い方に、私は言葉に詰まる。返したのは一樹さんだった。

「無駄ですし、させません。彼女は俺のものですから」

空振りに終わった言葉の数々に中嶋さんの顔が赤くなり、あからさまに不機嫌そうになった。彼はそれ以上なにも言わず、こちらに背を向けて会場へと戻っていった。

痛む胸を押さえ、大きく息を吐く。動揺が今さらながらに全身を巡っていく。息が苦しくて動悸《どうき》が速い。

どうしよう。とはいえ今はなにもできない。

「とにかく、部屋に戻るぞ」

肩を抱かれた状態で一樹さんに促され、静かに首を縦に振った。

私たちはそれから、互いに口をきくことができなかった。

ああ、最後の最後でやってしまった。

部屋に戻って、着替えるために私は寝室にこもった。バスルームを使うように勧められたのをやんわりと断って。とてもではないがそんな気持ちになれない。もう帰るだけだし。

頭が鉛のように重くてふらふらする。ぎこちない動きでドレスを脱いで、フリルのあしらわれた白いブラウスと紺色のスカートを身に纏った。

着替えが終わり、ベッドに腰かけて頭を垂れる。唇をきつく噛みしめて、さっきの中嶋さんの言葉を何度も反芻《はんすう》する。

あの場はなんとかやり過ごせた。でも、その場しのぎなのは事実だ。

甘かった。このエキスポで知り合いに会うはずはない、と高を括っていた自分が。

中嶋さんのことは気にはしていたものの、彼の父親が出席すると聞いていたし、なにより彼があそこまではっきりと私を覚えていたとは。

どういったフォローをしようか、と思いを巡らせたところでドアがノックされ、力なく返事をした。

「大丈夫か?」

先にシャワーを浴びたのか、シャツとズボンというラフな格好の一樹さんが顔を出した。なにを大丈夫と聞いているのかは言われなかった。それが余計に心苦しくて、私は勢いよく立ち上がる。

「かずっ……専務、申し訳ありませんでした」

腰を曲げて深々と頭を下げる。気持ちはすっかり依頼者と業者になっていた。

「中嶋さんのことは、こちらでなにかしらフォローしておきますので。本当にすみません」

決して謝って済む問題ではないのは、十分に承知している。でも、言わずにはいられなかった。

彼は静かに聞いてきた。

「……美和は、彼が依頼してきたら引き受けるのか？」

その発言に、私は弾かれたように顔を上げる。

「ご心配なく！　専務の婚約者役として中嶋さんに会ったわけですから、そこは突き通します。なにかしらの説明は必要かもしれませんが、それもこちらで対処しますから。もちろん今回のことは誰にも口外しませんし、必要があれば中嶋さんに直接――」

前触れもなく、説明の途中で一樹さんが私の腕を掴んで、自分の方に引き寄せた。

おかげで言葉が続けられない。彼の顔はいつになく険しかった。

「そういうことじゃない。美和は仕事だったら、またこういった婚約者役を引き受けるのか？」

「それは……」

仮に中嶋さんが依頼してきたとしても、今回の件もあるし、私は引き受けるつもりはない。でも、中嶋さんじゃなかったら？　他の人だとしても、私はきっと……。

「っ、専務には、関係ありませんよ」

いたたまれなさで、つっぱねた言い方をする。そして顔を下に向けて、感情をコントロールしようと体に力を入れた。

八つ当たりまがいのことをして、彼に迷惑をかけて。心配しているのは彼の方だ。美弥さんの代わりの人間が、こんな大きなミスをするなんて。

代わりだとしても、彼の婚約者として役に立てたと思った。必要としてもらえた。それが全部崩れていく。

……私は代わりさえもできないんだ。

張りつめていたなにかが、ぷつんと音をたてて切れた。

瞬きしないよう堪えていたけれど、次の瞬間、みるみるうちに涙の膜で視界が歪む。

やがて上質な絨毯に水滴が落ちた。

「ごめん、なさい。ごめ……っ」

涙とともに、自然と謝罪の言葉が口をついて出る。

違う。こういうときにすべきなのは、冷静に今後の対応について彼と話をすることだ。こんな感情的な対応、ましてや依頼者の前で泣くとかあり得ない。イレギュラーな事態は今までの仕事でもあった。それなのに。

涙を止めようとするも、うまくいかない。そちらに意識を集中させていると、取られていた腕を引かれ、あっさりと彼の腕の中に閉じ込められた。

「美和が謝ることは、なにひとつない」

小さい子どもでもあやすかのように、一樹さんは私を抱きしめると、頭を撫でながら優しく囁いてくれた。おかげでさらに涙腺が緩む。

回されていた腕の力がふと和らいだので、なにげなく頭を上げてみた。

思ったよりも近くに彼の顔があって、至近距離で視線が交わる。強い眼差しに瞬きひとつできずにいると、唇がゆっくりと重ねられた。

目を閉じることも叶わず、彼の動作ひとつひとつがスローモーションのように見えて、彼の顔が離れても私は固まったままだった。

そして唇に温もりを感じて、されたことをようやく理解できたところで、再び口づけられる。さっきよりも随分と強引だった。状況についていけず、思わず顎を引いてキスを中断させる。

「なんっ――」

でも、なにかを口にすることも、離れることさえも許さないとでもいうように、すぐさま唇で口を塞がれる。気づけば腰に腕を回され、もう片方の手は下顎にかけられて固定される。

逃げることができない。心臓が壊れそうに激しく打ちつけて、頭がうまく働かない中、懸命に思考を巡らせる。

なんで？　……代わり、だから？

その考えに至って、一樹さんを反射的に強く押しのけた。彼にとっても意外な行動だったのか、素直に唇が離れ、私は反動で後ろによろける。

足を取られ、ベッドに背中から倒れ込んだ。スプリングが悲鳴をあげ、早く起き上がらないと、と思っても体が言うことを聞かない。

心配そうにこちらを見下ろしている一樹さんを視界に捉え、胸が潰れそうになりながら、切れ切れに続ける。

「私、美弥さんの、代わりを……ちゃんと、できなくて」

自分で口にして、刺さるような痛みが増していく。

「本当は私、美弥さんと違って髪も癖っ毛で背も足りないし、ぱっと目を引く容姿でもなくて」

好みの色も、育ってきた環境も違う。彼女とは違って、彼の婚約者として釣り合うものをなにひとつ持っていない。

仕事だから、と割り切れずに、そのことでこんなにも傷つくとは思いもしなかった。彼にとっては、私は美弥さんの代わりになるのかもしれない。でも、私が嫌だった。耐えられなかった。必要以上の接触もキスも、契約外だ、って拒否できたらよかった。拒否するべきだったのに。

私が一方的に告げた言葉が宙に消えると、一樹さんは軽く息を吐いておもむろにベッドに手をつき、私に覆いかぶさってきた。

視界がやや暗くなっても、深い色を宿した瞳ははっきりと目に映り、言葉も、涙も、息さえも止めた。彼の指が慈しむように私の頬を撫でる。

「知ってるさ。美和は美弥とは全然違う。それでも精いっぱい彼女の代わりをしようとしてくれたんだろ。俺がこんなことを頼んだから、仕事だからって無理して。でも、もう必要ない」

ああ、そうか。終わりなんだ。私の役目は終わったんだ。

ぐっと息を呑むと、喉の奥が閉まるような感覚が不快だった。早く調子を戻して返事をしないと。

それよりも先に、一樹さんは濡れた私の目元を親指でそっと拭った。

「代わりになる必要はない。俺が欲しいのは美和自身だから」

真剣な声色が鼓膜を震わせ、私はこれでもかというくらい目を見開いた。聞き間違いを疑って、彼から放たれた言葉の意味を理解できず、しばらく思考もフリーズする。

「……美弥さんの、ことは？」

徐々に動きだした頭の中に浮かんだことを、たどたどしく口にする。すると彼は、やるせなさそうな表情でこちらを見つめてきた。

「何度も言ってるだろ。彼女は俺のことをなんとも思ってないし、親同士が勝手に言ってるだけだって」

「でも、でも一樹さんは美弥さんが好きなんでしょ？　だから名前が一字違うって理由だけで、私に婚約者の代行まで依頼して」

「逆だよ。彼女と美和が一字違いだから、美和の仕事もあってこんなことを頼んだんだ。言いだしたのは俺じゃないが」

私とは真逆のトーンで、彼は冷静に返してくる。それでも、私の頭の混乱は収まらない。

「どうして？　だって一樹さん、私のこと好きじゃなかったでしょ？」

初めて会話をしたのは会社で行われた歓迎会。二回目はティエルナのエキストラをしていて彼に問いつめられたとき。どちらも腹の探り合いのようなやり取りで、とてもではないけれど、好意と呼べるようなものを向けられた覚えはない。そして次に会ったのが、婚約者の依頼をしに彼が事務所にやってきたときのはずだ。

そのことを指摘すると、一樹さんは眉を寄せて、私の上から隣に体を移動させた。ふたり分の体重にベッドが軋み、私は彼を自然と目で追う。

同じようにベッドに横になった彼は、体をこちらに向けて、私を自分の方に抱き寄せた。

「好きじゃないのは美和の方だろ。でも、こっちは初めて会ったときから、ずっと気になってた」

「初めて、って……」

「歓迎会のときじゃない。美和はそれ以前に一度、冬のジュエリーイベントにも来てただろ。ティエルナのブースに」

思わぬ指摘に、私は目をぱちくりさせる。一樹さんは私の髪にそっと触れてから、どこか面白くなさそうに続けた。

「あまりにも幸せそうな顔をしてティエルナの商品をずっと見てるから、思わず目を奪われたんだ」

「あ、あれはですね」

「仕事で、だったんだろ。でも関係ない。正直落ち込んだよ。俺は自分のセンプレの商品で、客にあんな顔をさせることはできない、って。おかげでどこの誰かもわからないのに、イベントが終わってからも、ずっと美和のことが頭から離れなかった」

まさか彼に見られていたとは思いも寄らなくて、私は恥ずかしくなった。しかもあのときは、まさにセンプレのアクセサリーを想像して演技していたのだから。

そのことを伝えようか迷ったところで、一樹さんは不敵な笑みを浮かべた。

「でも俺は、引きのよさも併せ持ってるらしい。会社の歓迎会で美和を見つけたときは驚いた」

「けど、あのときは全然違う格好でしたよ⁉」

驚いたのはこっちだ。イベントに参加したときとはほぼ真逆で、あえて地味な格好をして眼鏡もかけていたし。元々印象に残るタイプでも、目を引くタイプでもない。

一樹さんは困ったような笑いを浮かべる。否定しきれないんだろうな。

「確かに最初は目を疑ったし、確証もなかった。ティエルナの大ファンだと思ってたら、契約社員とはいえうちに入社してるから」

記憶を辿るように語る彼の声に、じっと耳を傾ける。

「美和はミーテやセンプレの商品を見たって、笑うどころか、どこか興味なさそうだっただろ。アクセサリー全般が好きなのかと思って尋ねたらそうでもない反応で、正直わけがわからなかったよ」

それから私がセンプレの商品についてよどみなく語るので、ますます当惑してしまったらしい。

一樹さんとのやり取りを思い出す。ただの気まぐれで話しかけられたのかと思えば、そういう事情があったなんて。

複雑な感情を抱く私をなだめるかのように、彼は私を腕の中にすっぽりと収めた。穏やかな声と温もりに包まれる。

「そんなとき、ティエルナがエキストラを雇ってるっていう話を聞いて、もしかして……と思ったんだ。それで勝手に美和のことも調べさせてもらった」

「だったらなんであのとき、私の実家のことを言わなかったんですか」

『契約を切る』などと脅す真似をしなくても、手の内を全部知っていると言えばよかったんじゃない？　だとしても私は、エキストラとしては最後まで否定したかもしれないけど。

「美和の口から本当のことを聞きたかったんだ。それに俺自身、自分がどうしたいのかもわからなかった」

素直に、困惑したというのが声から伝わる。仕事をしているときの彼からは考えられないような口調だ。

「ただ、美和の笑顔がずっと目に焼きついて、心を乱されるのがもう嫌だった。演技で作った笑顔なら、それをこちらに向けてもらえたら気が晴れると思った」

「……だから、婚約者の代役を？」

「そう。ああいう理由でもつけないと、美和は引き受けてくれなかっただろ。俺のことをよく思ってないのは知ってたから」

「違いますよ！　私はっ」

すぐに一樹さんの方を見て否定しようとするも、途中で口をつぐむ。彼が意地悪く微笑んでいたから。

「私は？」

続きを促され、私の頬は赤くなった。わざとらしく彼の胸元に顔をうずめる。

「し、知りません。それで、気が晴れたんですか？」

「全然晴れなくて戸惑ったさ。でも、おかげで自分の気持ちに気づくことができた」

その言葉に、そろそろと再び顔を上げて一樹さんを見る。彼は柔らかく微笑んでいた。そんな顔もするんだ、と思っていると、優しく頭を撫でられる。

「最初はティエルナへの対抗意識だった。あんなふうに笑ってほしかった。でも、それは仕事でじゃない。美和自身に笑ってほしかった。センプレに対してじゃなくて、あの顔を俺に向けてほしかった」

こつんっとおでこをくっつけられると、彼の瞳の奥に自分が映っているのが見えた。伝わる温もりと射貫くような眼差しに、心が震える。

「引きのよさを持ってても、それだけじゃ駄目なんだ。見つけるだけなら意味がない。自分のものにしないと。美和だってそう言っただろ？」

『なかなか見つけられないもの、手に入れるのが難しいものを、ちゃんと自分のものにしてしまうのが一樹さんのすごいところなんだと思います』

川原でなにげなく彼に投げかけた言葉を思い出す。やっぱり一樹さんはすごい人だ。

彼は私の頬を指先で緩やかになぞっていく。怖いくらい真剣な瞳に、目を逸らすことも、瞬きすることもできない。

「美和が見つける必要はない。俺が見つけるから。こっちはずっと探してたんだ。そして、やっと捕まえた」

『……やっと捕まえた』

寝ぼけてキスされたときのことを思い出す。

じゃあ、あれは私と美弥さんを間違えたわけではなくて……。

「私、見つけられる側だったんですか」

目の奥がじわりと熱くなり、わざとおどけて言ってみせる。すると彼はかすかに笑ってくれた。

「そう。それで、おとなしく俺のものになってくれたらいい」

「断るっていう選択肢はありますか?」

「ないな。どう言おうと、必ず手に入れる」

迷いのない口調に胸が詰まる。ところが一樹さんはすぐに顔を歪めて、珍しく不安げな表情を見せた。

「美和が仕事として必死に婚約者役をしてくれるのが、嬉しくもあり腹立たしくもあったよ。俺のためじゃない、仕事だからなんだって。俺じゃなくても、そうなのかって」

そこで彼はひと息ついて私を見据えた。

「実際はどうなんだ？　触れるのを許してくれるのも、こうして俺を受け入れてくれるのも、俺が依頼者で、婚約者役をお願いしたからなのか？」

自分の気持ちを思い起こして、伏し目がちに一樹さんから視線をはずす。でもすぐに彼の目を見つめ直した。

「仕事だから、ってずっと自分に言い聞かせていました。私は代わりだから、って。でも、ずるいです。一樹さんはこっちが必死でしている線引きをあっさり越えてくるんですから」

つい苦笑してしまった。もう自分の気持ちを認めるしかない。

「おかげで私、たくさん悩んで、すごく苦しかったです。エキストラ失格ですよ」

私は彼とは違って、瑪瑙を見つけられるような引きのよさは持っていない。特別な能力もなくて、この仕事にしても、会社にしても、きっと私の代わりになる人はたくさんいる。

でも、それでも、彼に望んでもらえるのなら。

「好きです。契約が終了しても、代わりじゃなくても、私自身としてそばにいてもいいですか？」

言い終わると、一樹さんは目尻にそっとキスを落としてくれた。

「こんなややこしいことをしておいてなんだが、俺は最初から美和しか見てないよ。代わりもいないし、必要ない。美和だけなんだ」

泣きそうになりながら、私は震える唇をぎゅっと結んだ。

「いくらでも代わりがいる、なんて考えは改めさせてやる。美和は他の何者にも代えられない存在なんだって、今まで傷ついた分、これからじっくりと味わえばいい」

そう言って唇が重ねられる。ゆっくりと目を閉じて、彼からの口づけを今度は安心して受け入れた。改めて抱きしめられ、密着しながら角度を変えては何度も繰り返されるキスに、次第に酔っていく。

漏れる吐息に、意識せずとも甘さが交じり、恥ずかしさもあって目を開けていられなくなった。瞳を閉じながらも続けられるキスは、見えない分、彼と接するところが余計に敏感になる。

濡れた唇の感触も、頭や頬を撫でて落ち着かせようとしてくれる手の温もりも、回された腕の逞《たくま》しさも、全部にとろけてしまいそうだ。

そのとき、ふと唇が離れたのを感じ、静かに瞳を開けた。すぐそばになんとも色気が漂う彼の顔があり、思わず息を呑む。

「美和」

切なそうな声で名前を呼ばれると、もうなにも言えない。

頬に熱を感じて、うつむきそうになったところでキスが再開された。

重ねるだけではなく、唇を優しく吸われたり、軽く舐《な》め取られたりしながら刺激され、体の奥に熱がこもっていく。

「……んっ」

意識してかしないでかはわからないけれど、彼の長い指が私の耳に触れたことで、私は反射的に肩を震わせ、声をあげた。

空気を壊してしまった、と思う間もなく、一樹さんは抱きかかえていた私を自分の下に滑り込ませ、自分が上になるように体勢を変えた。

彼の腕からベッドへと背中の感覚が切り替わり、それを意識するより先に唇を奪われる。口づけを交わしながら、今度はわざと彼が私の耳に指を滑らせた。抗議しようにもうまく声にならず、むしろ口を開いたことであっさりと舌を絡め取られ、キスはさらに深くなっていく。

頬や頭を時折撫でられながら、やっぱり耳に触れるのをやめてもらえず、私の目尻に涙が溜まっていた。どこか性急で余裕がない口づけに翻弄されっぱなしだ。

合間に漏れる吐息、唾液が混ざり合う音、軋むベッド。なにもかもが羞恥心を煽《あお》り、体勢も相まって、ろくに抵抗もできず追い立てられるような感覚に戸惑う。でも、不快じゃない。

どれくらい口づけを交わしていたのか。一樹さんが名残《なごり》惜しそうに私から顔を離して、唇が空気に触れた。その顔の綺麗さと、纏う空気に圧倒される。

それにしても、こういうとき、次にどういった態度を取るのが正解なのか判断できない。ただ浅く息を繰り返しながら一樹さんを見つめることしかできずにいると、彼は私に体を預けるように覆いかぶさってきた。

その重みに安堵する。しかし、それは長くは続かなかった。今まで感じたことがないような感触を耳に感じて、私は小さく悲鳴をあげた。

「やっ」

舌を這《は》わせられた、と脳で理解するのに時間がかかり、すぐに彼を押しのけようとするも、びくともしない。舌や唇を使って耳への刺激を続けられ、声が勝手に漏れる。

一樹さんはやめてくれる気配を見せず、私は生理的な涙が零れて、体中が震える。

でも、彼の空いている手がブラウスのボタンにかけられたときは、条件反射で声をあげた。

「駄目！」

口から出た拒否の言葉に彼の手が止まり、顔を覗き込まれる。私は肩で息をしながら、懸命に声を振り絞る。

「もう駄目、です」

強く言い直すと、彼は困った笑みを浮かべ、ベッドに散った私の髪先を撫でた。

「美和があまりにも可愛い反応をしてくれるものだから」

「でも、さ、さすがにこれ以上は」

「なぜ？」

彼の顔がわずかに歪み、決心が揺らぎそうになる。それでも私は続けた。

「だって私、一応、ここには仕事で来たわけですし」

「だから、待ってただろ。美和が自分の仕事に一生懸命で、責任を持ってやりきろうとしてるのが俺にもわかったから。こっちは美和との契約が終わるのをずっと待ってたんだ」

きっぱりと言いきると、一樹さんは私との距離を詰めて、唇同士が触れ合いそうになる寸前のところで口を開いた。

「もう待たないし、待てない。仕事は終わりだ。それで、ここで帰るのか、もうひと晩俺と一緒にいるのか、美和が決めればいい。今ならまだ選ばせてやる」

仕事のときでさえも見たことがない、怖いくらい真剣な眼差しに、呼吸さえも忘れる。ややあって、私は乾いた声で彼に返した。

「……帰って、父……社長に業務報告をしないと、仕事は終了したって言えません」

その回答に、一樹さんの表情がわずかに曇った。けれど、瞳にすぐ驚きの色を宿す。

「電話、してもいいですか？　伝えないと。今日の報告と……遅くなりそうだから、もう一泊していくって」

言い終わるのと同時に、私は彼に自分から口づけた。彼の言葉を封じ込めて続ける。

「こんなの全部イレギュラーです。エキストラとしてあり得ません。でも元々、この依頼だって、一樹さんじゃなきゃ引き受けていませんでした」

目線を落ち着かせられず、しどろもどろで告げると、彼は気の抜けたような笑みを浮かべる。

そして強く抱きしめられたので、私は笑顔になって彼に身を委ねた。

エピローグ

目が覚めると、意外にも一樹さんの方が先に起きていた。肘をベッドにつきながらこちらを見下ろしていたので、私の意識は瞬時に覚醒する。

しかしすぐに体を起こせず、気だるさと甘い雰囲気に包まれながらも、ベッドの中に身をひそめた。

「おはよう。美和」

「……おはよう、ございます」

掠れた声で彼の方を見ずに答える。すると彼の手が私の頭に伸びてきて、優しく触れた。その感触が心地よくて、思わずうっとりする。

「体は、大丈夫か？」

ところが続いての質問に、顔から火が出そうになった。言葉に詰まりながらも、真面目に尋ねられたので無視するわけにもいかない。ただ「はい」と弱々しく返事をするのが精いっぱいだ。

隠れたくても隠れられなくて、せめてもと思い、枕に顔をうずめる。

昨晩の出来事を思い出すと心臓が爆発しそうになって、恥ずかしくて涙目になりそうだ。

＊　＊　＊

昨夜、両親への報告の電話を入れると、さすがに三日目だからか、泊まっていくということになんの疑いも持たれなかった。

おかげで寝支度も整え、ようやく同じベッドに入ることになったけれど、私は自分で彼のそばにいると決めたくせに、この状況になって胸が張り裂けそうになり、息さえもうまくできずにいた。

今までエキストラとしてさまざまな依頼をこなしてきたとはいえ、それらの比ではないほどに緊張している自覚がある。

逆に一樹さんは、あんな強引な言い方で帰るのを引き止めておいて、私に無理をさせるようなことは一切しなかった。気持ちが落ち着くまでぎゅっと抱きしめてくれて、大きな手で頭や頬に触れながら、時折触れるだけの口づけをくれる。

「美和」

いつの間にか私の上になっていた彼が、艶っぽい声で名前を呼んだ。私はなにも言えず、ただ彼の顔をじっと見つめることしかできない。

そしてシャワーを浴びた彼の手が、着たばかりの私のガウンの間に滑り込んで、肌に触れた。直に伝わる手の熱さに驚いて体を震わすと、無意識に涙が目尻から零れ落ちる。それを見た彼は手を止めた。

なんともいえない気まずい空気が流れ、おかげで私は、彼に伝えそびれていた話をようやく口に出すことにする。

「ごめんなさい。私、その……実はこういうこと、初めてなんです」

観念して、よれよれの声で白状した。

さっき、流れのままに彼を受け入れなかった理由は、仕事だからと告げた。それは紛れもない事実で。でも、自分の経験のなさも引っかかる要因だった。前に付き合っていた彼とは、仕事が忙しくて深い仲になる前に別れてしまったし。

そういうことをどのタイミングで相手に伝えるべきなのか、伝えた方がいいのか、それさえもわからなかった。どうしよう。どう思われただろう。

あれこれ考えていると、彼が体を預けるようにして抱きしめてくれた。そして思いがけず謝罪の言葉が漏らされる。

「悪かった」

予想外の行動にぽかんとしていると、一樹さんは私を至近距離で見下ろしながらそっと頭に手を添えてくれた。

「怖がらせるつもりはなかったんだ。美和が欲しくて焦りすぎた」

申し訳なさそうに言われ、私はかすかに首を横に振る。

「謝らないでください。その、私……こんなのですけど……」

おそるおそる答えると、一樹さんは困ったように笑う。

「こんなの、とか言うな。俺が欲しいのは美和だけなんだから。そういった不安を抱く暇もないくらい、一生かけて愛してやる。だから覚悟をしておけ」

一生をかけなくても、今の彼の言葉だけで、ずっと抱えていたモヤモヤしたものが消えていく。でも、それは今は言わないでおこう。

嬉しくて涙が浮かぶのを我慢して、違う本音を彼にぶつけてみる。

「……私も、一樹さんのことが欲しくなっちゃいました」

だって、愛されてみたくなったから。諦めていたものに手を伸ばしていい、と彼は教えてくれたから。

「それをこの状況で言うってことは、こっちとしてはもうやめられないぞ」

余裕のなさそうな彼の表情に見とれながら、私は笑った。

やっと立場が逆転できた。すぐにひっくり返されるのは目に見えているけれど。

『どうぞ』と声に出すのは難しくて返事ができずにいると、一樹さんに口づけられる。だから私は応えるように彼の首に自分の腕を回して、より密着し、彼に溺れることを選んだ。

＊　＊　＊

彼の言葉や、されたことをひとつひとつ冷静に思い返すと、どうしたってじっとしていられない。

だからといっていつまでもベッドの中に隠れているわけにもいかず、再度名前を呼ばれたことで、おずおずと枕から顔を離して一樹さんの方を見た。

すると、待ってました、と言わんばかりに額に軽く口づけられる。その仕草だけで、苦しくなるほど胸がときめいた。

私、この人のことが好きなんだ。

改めて実感して、なんだかくすぐったい気持ちになる。

油断していると、今度は唇を重ねられた。触れるだけの啄《ついば》むようなキスが幾度と繰り返されるうちに、昨晩の熱を思い起こさせる。

ところが、『もっと』と求めそうになる寸前でキスは打ち切られた。代わりに、剥き出しになっている首筋を音をたてて軽く吸われ、反射的に身を縮める。

「起きるか？　美和がいいなら、昨日の続きをしてもかまわないが」

「起きます！」

余裕たっぷりの一樹さんとは反対に、慌てて答えた。

きっと彼にはどうしたって一生敵《かな》わないんだと思う。でも、それさえも幸せだと思えてしまう。

満たされた気持ちで、私はてきぱきと支度を始めた。

ルームサービスをお願いして、まったりと部屋で朝食を食べた。食後のコーヒーに口をつけながら、思いきって私は昨日見た光景について切り出した。

「あの、昨日、桐生さんと一緒に美弥さんもこちらにいらしてましたよね？」

「見てたのか？」

「すみません。挨拶した方がいいかな、と思って。それで、その」

どこか後ろめたさを感じて言葉を濁すと、一樹さんはなんでもないように続けた。

「美弥には、父親には話したから形だけの婚約を解消したいって言われたんだ」

「ええ⁉」

私の勢い余った声に、逆に一樹さんが驚いた顔をした。

「何度も言うけど、この婚約に本人たちの気持ちはないんだ。婚約した経緯も幹弥と美弥の父親が心配症で、さらに美弥が男性が苦手っていうのが大きな理由だった」

カップの中身に視線を落とし、軽く肩をすくめて彼は続ける。

「お互い、立場的に婚約者という存在はなにかと都合がよかったから、そのままにしておいたんだが。でも、どうやら自分の意思で決めた相手ができて、そのことを両親にも報告したらしい」

「そう、なんですか」

あまりにも自分が住む世界とは違う結婚事情に、呆然とするしかない。一樹さんは手に持っていたカップをソーサーに静かに戻した。

「律儀というか、今まで迷惑をかけたからといって、わざわざ報告に来てくれたんだ」

「あの、一樹さんは傷ついていませんか？」

念のため窺うように尋ねると、一樹さんは軽く首を傾げた。

「なぜ傷つく必要がある？　むしろ、これでよかったよ。美和とのことも全部本当にできるから」

そうですね、と同意しそうになって、思わず一樹さんを二度見した。すると彼は軽く息を吐いてからおもむろに立ち上がり、テーブルを後にする。

彼がなにかを手にして戻ってくるまで、私はただ彼の姿を目で追うことしかできなかった。

「それ」

一樹さんが手にしていたのは、婚約指輪の入ったケースだった。アクセサリーは服に合わせて日々違うものを選んでもらっていたので、その都度返していたけれど、婚約指輪は基本的にずっとつけていた。ただ、昨日すべての日程が終了して部屋に戻ったときに、他のものと一緒に返したのだ。

彼は静かにテーブルの傍らに立った。

「仕事でとはいえ、美和をイメージして用意したんだ。ふたりで会ったとき、うちのものをつけてくれてただろ？　俺に気を使ったのかもしれないけど、正直嬉しかった」

かすかに笑みを浮かべた一樹さんだったが、すぐにその表情はどこかやるせなさそうになる。

「と思えば、フリとはいえ婚約者なのに、指輪をはめさせてもらうことさえあからさまに拒否されるとは」

「あ、あれはっ」

私はすぐさま否定しようと声をあげた。そして勢いよく立ち上がると、一樹さんの正面に立つ。

でも、先に言葉を発したのは彼の方だった。ゆっくりと左手が取られる。

「今度はもう、はずさせない。期限もなしだ。美和のこれからの時間を俺に預けてほしい」

「……はい。喜んで」

微笑んで答えると、左手の薬指に再び指輪がはめられた。それを改めて見つめる。

ずっとつけていたにもかかわらず、今が一番しっくりくる気がする。彼にはめてもらったからかもしれない。

「とりあえずここは引き上げよう。美和も疲れてるだろうけど、俺も事務所に顔を出すから」

余韻に浸る私に、一樹さんが冷静にこれからのことを話すので、すぐ現実に引き戻される。

「あ、いえ。後の事務処理や報告は私がしますし、事務所まで顔を出していただかなくてもかまいませんよ」

疲れているのは一樹さんの方だ。しかし彼はなぜだか、少しだけむっとした表情になった。

「そうじゃなくて、婚約の報告と挨拶をご両親にもしておかないとならないだろ」

あまりに予想外の切り返しに、私の思考は一時停止する。

「今すぐですか⁉　そこまで急がなくても」

動揺が体中に広がったところで、それを発散するような声のボリュームになってしまった。

「指輪はもうはずさないいんだろ？　ご両親にどう説明するんだ？」

「それとこれとは……」

違う話だということにはならない、の？

まさかの展開に目眩を起こしそうな私に、彼は涼しい顔で軽く唇を重ねてきた。

「もう逃がさない。やっと見つけて捕まえたんだから。それに、思う存分甘やかしてやるって言ったはずだ」

顔を赤らめて、しばし口ごもる。

ああ、もう、ずるい。

私は雑念を振り払い、彼としっかり目を合わせた。

「一樹さん。真面目な話なんですが、今回の仕事の件、料金をいただくわけにはいきません」

急な仕事話に、彼はわずかに目を丸くした。でも私は口調を崩さずに続ける。

「中嶋さんのこともありますし、随分と私情を挟んでしまいましたから」

個人的には結果オーライだったのかもしれない。でもエキストラとして考えれば、お金をもらえるような成果は残せていない。

「そういうわけにもいかないだろ。美和には迷惑もかけたし」

「いいんです」

一樹さんの言葉に、力強く言葉を重ねた。心臓が音をたて、緊張を抑えるために唇を軽く噛みしめる。

「……だって、もう、もらったんです。一樹さん、最初に事務所に来たとき、私のことが欲しいからいくら必要かって聞きましたよね？」

『君が欲しいいんだ。いったい、いくら必要だ？』

あのときは、こんな展開になるとは夢にも思わなかった。

私は懐かしく思いながらも笑顔になった。

「お金はいりません。だって私が一番欲しかったものを、一樹さんはくれましたから。好きな人に愛されるのがこんなに幸せなんだって。その……私を欲しがっていただけるなら、どうぞ」

最後は照れてしまい、どこか決まらない。けれど一樹さんはなにも言わず、力強く抱きしめてくれた。

「美和はもっとねだってくれていい。今よりもずっと幸せだって、必ず思わせるから」

それから、どちらからともなく顔を近づけて口づけを交わす。

長くて甘いキスに気持ちが満たされる。そっと唇が離れ、私は彼にたどたどしく告げた。

「両親への挨拶なんですが……せめて、結婚前提のお付き合いでいかがでしょう？　じゃないとお父さん、きっと倒れちゃいます」

私の妥協案に対し、一樹さんはイエスともノーとも言わなかった。ただ穏やかに笑ってくれて、その顔にやっぱり見とれる。

ずっと、代わりでもいいと思っていた。自分の代わりはいくらでもいるんだって。

でも彼は全部、蓋をしていた私の気持ちを汲んでくれる。あの川を渡ってくれたときから、彼は私が諦めていたものを一緒に叶えてくれる。

やっぱり一樹さんはすごい人なんだ。信じられないような、かけがえのない愛を与えてくれる。だから私もずっとそばで応えていきたい。

「ほら、帰るぞ」

実は、ティエルナのエキストラをしていたときにセンプレの商品を想像していたって言ったら、一樹さんはどんな反応をするだろう？

信じてくれる？　驚くかな？　……それとも、今みたいに笑ってくれる？

……それは実際に確かめてみよう。

「はい」と顔を綻ばせて答えてから、差し出された手に自分の左手を重ねる。

指には、サファイアの青い光が幸せそうに輝いていた。

番外編
本当に手に入れたかったものは［一樹Side］

「よかったね、一樹くん。美和ちゃんを無事にものにできて」

カップを持って優雅に口に運ぶ身のこなしからは想像できないような、あけすけな言い方に、俺は眉を曇らせる。いつもならひとこと真面目に返すところだが、今日はなにも言わずに視線だけを送った。

なぜなら今、俺の隣には美和がいるからだ。

エキスポでの一件が無事に終わり、なんとか予定を縫って空けたある休日、俺は美和と桐生兄妹に会うことになっていた。

もちろん言いだしたのは幹弥で、俺は気が進まなかったが、幹弥には貸しがあるし、美和も幹弥、そして美弥に会いたがっていたのだから拒否することはできない。

幹弥が指定した場所は、ひと昔前のイギリスをイメージしたアンティークカフェだ。外の夏日が嘘のように、別空間を醸し出している。こいつはこういった情報には俺よりも敏《さと》い。

照明が暗めに落とされた店内は、内装やテーブル、椅子などにもこだわっている。

どれも本場イギリスから輸入したものらしい。隣に座っている美和は緊張しつつも紅茶をじっくりと楽しんでいる。

美弥は相変わらず忙しいらしく、少し顔を出すと早々にこの場を後にした。どちらかといえば美和に会うためだったみたいで、目的は果たしたようだ。

最初に会ったときに、戸惑う美和をよそに、美弥は一方的に自己紹介をして笑顔を向けた。

『一樹くんとのこと、おめでとうございます。私との婚約は本当に形ばかりだったので、気にしないでくださいね。なにより私にとって彼は、異性ではなく昔から兄同然の存在ですから』

彼女なりの美和に対するフォローなのだろう。そこにすかさず幹弥が割って入る。

『本物にこんな素敵な兄がいるにもかかわらず？』

『うん。だからこそ、一樹くんが本物だったらなーって』

いつもの兄妹のやり取りに、美和はかすかに笑った。そのことに少しだけ安心する。無理をさせるのは本意じゃないし、かといって妙なわだかまりを持たれたままなのもたまらない。

ついでに美弥は、本当に好きになることができた人がいる、と美和に話していた。

『また時間を作るので、せっかくですし、改めてふたりきりでお話ししましょう！』

最後はふたりで会う約束まで取りつけていた。敏くて何枚も上手《うわて》な兄を持つと大変だな、と心なしか同情する。絶対に今回の俺と美和の件にしろ、妹の相手のことにしろ、幹弥は情報を得ているに違いない。

そこで、三人になってからの開口一番の幹弥の発言が、今の『美和ちゃんを手に入れられてよかったね』というようなものだった。幹弥はわざとらしく美和の方に身を乗り出してくる。その所作ひとつ取っても、こいつがすると下品にならないのが憎らしいところだ。

「美和ちゃん、もうこの際だから言っちゃうけどね、一樹くんってば、初恋に戸惑う中学生かってノリで君のことが忘れられなくてね。それでいてこの朴念仁ときたら、全然自分の気持ちを自覚しないものだからさー」

この際じゃなくても言ってただろ、と口にするか迷ったところで、隣に座っている美和がこちらに視線をよこしてきた。どうも気まずくなり、俺はわざとらしくカップに口をつける。おかげで幹弥の勢いは止まらない。

「真面目というか馬鹿というか。そういった経緯で、美和ちゃんの仕事もあって、俺がこの代役の話を提案したんだよ。美和ちゃんには悪いんだけど、冗談半分でね。そしたらこの男、本当に行動に移しちゃうんだからさー」

「冗談だったのか」

今さらの事実に、幹弥の方を見た。すると幹弥はおかしそうに美和に笑いかける。

「ね、一樹くんは仕事はできるけど、恋愛については今まで追いかけたこととかないから、こんな調子だよ」

その指摘を否定することはできなかったので、違う方面から攻めてみることにする。

「お前は人のこと言えるのか？」

「俺のことはいいんだって」

さらっと自分のことを流した幹弥は、あれこれと美和に今回の件を語りかけている。

俺は長く息を吐いて肩を落とした。

でも今回ばかりは、幹弥に感謝せざるを得ない。冗談だとしても、こいつの提案がなければ、俺は彼女をこうして手に入れることはできなかっただろうから。

＊＊＊

年明け、年に二回開催されるジュエリーイベントに、今回もうちはミーアとセンプレの名を掲げて参加していた。手筈もわかっているし、流れも把握している。

新商品の説明を俺自身がしなくてはならないのは面倒だと思ったが、これでセンプレの名前を覚えてもらい、商品に興味を示してもらえるなら安いものだ。

自分の外見が目を引くことはとっくに自覚しているし、鬱陶しく思うときが多いものの、利用できるならとことんする。まずは興味を持ってもらうのが先決だ。そこからブランドとして生き残れるかどうかは結局、商品の良し悪しで決まるものだと知っていたから。

会場に顔を出して様子を窺う。あらゆるところから視線を感じながらも、それらは無視して自社のブースを見れば、相変わらずの盛況ぶりだった。

なにも心配することはない。他社はどういったものを出しているのか、どういう客層なのか。参考までに辺りを見渡したところで、俺の視界に彼女が映り込んだ。

目立つ格好をしていたわけでも、なにか特別なことをしていたわけでもない。それなのに、他のすべてがモノクロになる中で、彼女だけが俺の目には色づいて見えた。

幸せそうな、愛《いと》おしそうな表情でケースに並ぶアクセサリーに釘《くぎ》づけになっている。目を輝かせながら嬉しそうに笑う彼女の姿が、一瞬で目に焼きついた。

ただ、次の瞬間には、彼女が夢中になっているのが他社のものだという現実に思う以上にショックを受けて、無性に腹が立ったりもした。

自分らしくない感情に戸惑う。

なにをむきになっているんだ。人の好みは千差万別で、万人受けするものなどあり得ない。

業績を伸ばさなければならない中で、割り切らなくてはいけないことは山ほどある。これはプライドか、対抗心か。

べつに彼女じゃなくてもかまわない。センプレの商品を見て、あんなふうに笑ってくれる顧客が現れたらそれでいい。

そう心の中で結論づけながらも、俺はどうしても彼女のことが忘れられなかった。どこの誰かも知らない。ましてや彼女はうちではなくティエルナの大ファンだ。不毛すぎる相手だ。早く忘れた方がいい。

頭では理解していても、それができない。

新作の打ち合わせをしながら、これなら彼女は笑ってくれるだろうか、そんな馬鹿なことさえ思った。

夏のイベントでまた会えるかもしれない。会ってどうしたいのかは自分でもわからないが、淡い期待を抱いていると、思ってもみないところで彼女と再会を果たした。

毎年恒例の新入社員歓迎会で、俺は自分の目を疑うことになる。ずっと探していた彼女が、なぜか新入社員として再び俺の目の前に現れたのだから。

とはいえ、初めて見たときの彼女とはまったく印象が違う。それにミーテやセンプレのアクセサリーを見ても、笑うどころか無表情だった。

当たり前か、彼女はティエルナの大ファンだ。

なら、どうしてここにいるのか。あれこれ考える間もなく、俺は彼女の元に近づいていた。

「アクセサリーに興味は？」

とにかく彼女のことが気になって、話しかける。彼女は眼鏡の奥の大きな瞳を揺らしてこちらを見てきた。

「正直、あまり興味はないですけど」

「なら、なぜうちの会社に？」

彼女の嘘に、つい棘のある言い方をする。

興味がないなら、イベントに足を運んだりしない。ティエルナのファンだというのを隠したいのか、それとも。

「……けど、センプレは別格ですね。色のついた天然石って、特に若い人はどうしても敬遠しがちなのに、アンティーク調のデザインとゴールドと組み合わせることで、あんなにも身につけやすくなるなんて。カボションカットやバケットカットを利用して宝石を最大限に見せることで、シンプルさとは真逆の個性が出ますし。リングもネックレスも重ねづけできるようになっているのもいいと思います」

彼女の口から出た言葉に、俺は意表を突かれる。どうして好きでもない会社の商品のことをそこまで言えるのか。おべっかかと思ったが、あまりにもよどみなく言いきる彼女に嘘は見えなかった。そうはいっても、彼女はセンプレのアクセサリーを身につけてはいない。

「そう言うわりには、ひとつも身につけてないんだな」

ティエルナのアクセサリーを身に纏っていた彼女の姿を思い出す。彼女の本音がどこにあるのかわからない。

「残念ながら機会がなかったので。すみません、失礼します」

これ以上話したくないというのがありありと伝わってきて、彼女との会話は終了した。

ただ、自分はなにをしたいのか、なにを聞きたかったのか。

ただ、逆に機会さえあれば彼女はセンプレのアクセサリーをつけてくれるんだろうか、と思考はそちらに向いた。

彼女の名前は鈴木美和。この四月から契約社員としてうちに入社し、経理を含め主に事務を担当している。

こうして、ずっと探していた彼女の名前をようやく知ることができた。でも、それだけだ。それ以外、俺は彼女のことをなにも知らない。

知る必要さえあるのか。ただ、彼女と会ったときから、心の中を覆う靄《もや》みたいなものが晴れることはなかった。


夏のジュエリーイベントを目前に控えたある日、ティエルナがサクラを雇って自分のブースに人をよこしているという話を聞いた。

こちらに迷惑がかからないなら、他社がなにをしようと興味はない。一蹴する俺に対し、情報を告げた幹弥は笑みを崩さずに続ける。

「本題はここから。一樹くんがずっと気になってる彼女のことだよ」

キーボードを打つ手を思わず止める。誰のことか、と尋ね返すまでもない。

前回のジュエリーイベントに参加した後、俺を訪ねてきた幹弥は、目敏くこちらの異変に気づいてあれこれ聞いてきた。下手に嘘もつけず、俺は不本意ながらも会場で出会った彼女のことを話したのだった。

　自分の中のはっきりしない感情も併せて吐露すると、幹弥は珍しく驚いた顔を見せた。けれど、すぐにいつもの不敵な笑みを浮かべる。

『一樹くんをそこまで夢中にさせる彼女に、俺もぜひ会ってみたいね』

　どう考えても語弊のある言い方だが、いちいち訂正するのも面倒だった。

　幹弥自身の興味もあったのだろう。どこかの探偵のように美和の経歴や実家のことなどを調べ上げたらしく、説明してきた。前回のジュエリーイベントに彼女がやってきていたことも、その理由も。

「よかったじゃん、一樹くん。向こうはプロだったんだよ。べつに心底ライバル社の商品に惚れ込んでるわけでもないんだし、変に気落ちしなくてもいいんだって」

　幹弥のフォローが耳を通り過ぎていく。彼女の笑顔を見て、ティエルナに負けた気がしていたのも本当で。それもすべて金で雇ってのことだったなら、幹弥の言う通り、なにも気にすることはない。

　ただ、ずっと忘れられなかった彼女の幸せそうな表情が全部作り物だったという事実に、安心よりも落胆の気持ちが先に込み上げてくる。

複雑な思いを抱きながらも、イベントに参加することになった。今回はステージで新作の説明をしなくていい代わりに、他の用事や挨拶に忙しく、なかなか会場に顔を出すことが叶わなかった。

会えないかもしれない。いや、会えない方がいいのかもしれない。

妙な葛藤に苛《さいな》まれながら、俺は会場で彼女を見つけることができた。

ステージイベントが始まるとのアナウンスに会場がざわついた一瞬、彼女と目が合う。すぐさまこちらに背を向ける彼女を、気がつけば必死で追いかけた。

今このチャンスを逃すと、もう二度と彼女を捕まえることができない。そんな気がして。

追いつめるような形で彼女を問いただした。不躾なのは十分に承知していたが、こちらにも余裕はなかった。演技なら演技でいい。彼女の口から真実を告げてもらえれば、きっとこんなふうに彼女のことで心を乱されることもなくなる。そう思っていた。

ところが事態は思わぬ方向に進んだ。

「どうぞ。契約を切るなら切ってください」

彼女は最後まで自分とティエルナの関係を告げなかった。今の仕事を失うかもしれないという状況になっても、ティエルナのアクセサリーを身に纏った彼女はまっすぐに俺を見つめてきた。意志の強い色を瞳に宿して。

また、俺の中で彼女の忘れられない表情が増えただけ。なにも解決などしていない。

イベントから帰ってきて、興味津々で電話をよこしてきた幹弥に、俺は嫌々今日の顛末《てんまつ》を話した。

すると、返ってきたのは思った以上に呆れた声だった。

『一樹くんはさー、つまりなにがしたいわけ？』

「それがわからないから苦労してるんだ」

『よく言うよ。たいした苦労もしてないくせに』

「してるだろ。なんでここまで、ひとりの人間に振り回されないとならないんだ」

無意識に頭を掻く。すると電話の向こうの声が消えた。幹弥がなにか思い巡らせているようだ。

『ならさ、彼女に同じように笑ってもらえば？　ティエルナと同様にお金を払って』

「センプレにサクラはいらない」

きっぱり言い捨てると、幹弥は負けじと早口で続けてきた。

『じゃあ婚約者になってもらいなよ。今度のエキスポ、社長の代わりに一樹くんが出席しないといけないって嘆いてたじゃん。相変わらず美弥は一緒に行かないだろうし』

俺と、幹弥の妹である美弥は、形ばかりの婚約者の関係だった。元々、幹弥と美弥の父親が言いだしたことで、本人たちにその気はまったくない。

それは両親ともにわかっていることだが、お互いに持ち込まれる縁談などを断る理由にはちょうどよかった。

だから、美弥が婚約者として俺に同行することはないし、俺も連れていこうとは思わなかった。彼女が忙しいのもあるし、下手に後に引けなくなっても困る。

『美和ちゃんの実家のことを考えたら、婚約者の代行くらいしてくれるでしょ？』

「彼女が素直に応じると思うか？」

今日のやり取りを思い出す。どう考えても彼女は俺にいい印象を持っていないだろう。しかし幹弥はおかしそうに笑った。

『お、意外と乗り気？　一樹くんの話を聞く限り、大金を積んでも首を縦に振るとは思えないね』

「だろうな」と短く返すと、幹弥は明るい声で言い放った。

『そんな美和ちゃんの首を縦に振らせる、いい理由があるよ。美和ちゃんって美弥と名前が一字違いだろ』

普段意識することはないが、美弥は家庭の事情で母親の旧姓を名乗っている。今さらの事実に俺は目を丸くした。

『ね、これなら美和ちゃんも考えてくれるかもよ？』

今度は俺が黙って、しばし考えを巡らせた。すると幹弥の声が、急に神妙なものになる。

『でもさ、美和ちゃんが仕事として笑ってくれたとしても、きっと一樹くんの気は晴れないと思うよ』

そのときは、意味がよく理解できずに聞き流していた。

なんでもいい。彼女と接触して彼女のことを知れば、仕事と割り切ってでも笑ってくれさえすれば、この執着は解けるに違いない。こんなもんだったのか、と目覚めることもできるかもしれない。

こうして俺は律儀にも、幹弥の提案を実行することにした。

美弥との話は極力したくはなかったが、そのことで最終的に彼女から依頼の承諾を得ることができた。仕事でも関わることのなかった彼女と、妙な形ではあるが繋がりができたことに安堵する。

これでほとんど目的は達成した……はずだった。

なぜか彼女といると、自分の感情の起伏の大きさに驚かされてばかりだ。打ち合わせと称してふたりで会うことになったとき、センプレのネックレスをつけてきてくれたことが、思った以上に嬉しかった。

格好も、会社とは全然違う素の彼女を見たような気になる。配慮しただけかもしれないが、それでもよかった。

かと思えば、仕事だときっちり線引きしてくる彼女に変な苛立ちを覚えることもあったり。彼女はなにも間違っていないのに。

だから、というわけでもないが、彼女をあの川原に連れていくことにした。なんとなく、彼女がどんな反応をするのか気になった。仕事としてではなく、彼女自身はどう思うのか、彼女のことが知りたくなった。

結果、まさかの『川に落ちたのか』発言に、久しぶりに笑いを堪えきれなかった。冗談でもからかいでもなく、真面目に尋ねてくる彼女がおかしくて、可愛らしくて。

しかも自分の経験から、なんて言うものだから、彼女にますます興味が湧く。自然と幼い頃の話をする俺に、彼女はここがセンプレの原点だということを汲んでくれた。連れてきてよかった。ここに連れてきたかった。

雰囲気もあってか、同じように子どものときの思い出を語ってくれる彼女から目が離せなくなる。だから柄にもなくあんな無茶ができた。

『初めてだろ、美和が自分の話をしてくれたのは。だから叶えてやりたくなったんだ』

それは紛れもない本心で、彼女に笑ってほしかった。自分の気を晴らすためじゃない。純粋にそう思えた。

そしてエキスポ当日。彼女を迎えに行って、その姿を俺は思わず二度見した。長くて緩やかに巻いていた髪は肩でまっすぐに切り揃えられ、髪の色もこの前会ったときとは違う。

どうしてか、と尋ねるまでもない。美弥を意識したものだとすぐに悟った。

申し訳ないような、腹立たしいような。仕事だからと躊躇いなくそこまでしてしまえる彼女がどこか憎らしかった。

俺のためなのもわかっている。けれど、それは俺が〝依頼者〟だからだ。

婚約者の依頼をしたときも、彼女はさほど驚いてはいなかった。彼女は俺じゃなくても、きっと依頼者のためにここまでするんだろう。

その事実が消えず、ついに俺は自分の中でくすぶっていた苛立ちを、お門違いだとわかっていながら彼女に向けてしまった。

「今までだってこういったことはあったんだろ？　そのときはどうしたんだ？　仕事だからってわざわざ髪型や服の好みまで変えてくれたら、勘違いしたやつだっていたんじゃないのか」

挑発めいた八つ当たりを口にして、すぐに後悔する。傷ついた、という彼女の顔を見て、その表情を自分がさせたことに胸が痛んだ。

さっさとリビングを後にした彼女になにも言えず、とんでもない自己嫌悪に見舞われることになった。

笑ってもらうどころか、彼女を傷つけて無理をさせている。俺はなにがしたいんだ。

頭を冷やそうとシャワーを浴びてから、自問自答を繰り広げているところで電話が鳴った。いつもなら無視するところだが、今は誰かに話を聞いてほしかったのもある。

『婚約者を連れてみて、どう？　美和ちゃんに笑ってもらえたー？』

「笑うどころか、傷つけた」

前振りもなく本題から入る幹弥に端的に告げると、さすがに電話の向こうで慌て始めた。

『え、ちょっと、なにしたわけ？』

渋々、先ほどまでのやり取りを告げると、幹弥は電話口でこれでもかというくらい大きなため息をついた。

『だから言ったじゃん。きっと一樹くんの気は晴れないって。向こうはプロだよ？　私情を挟まず、こちらの依頼をこなしてくれてるわけなんだから、感謝こそすれ暴言はないだろ』

「わかってる」

俺はおとなしく肯定した。

そう、頭では理解している。ただ、感情がついてこないんだ。

『なら、どうしてそんな気持ちになるのか改めて考えてみたら？　ちなみに俺は絶対に嫌だけどね。仕事として優しくされたり、笑いかけられたりするとか。ましてや他の男にも、なんて想像したら反吐《へど》が出る』

幹弥は低い声で辛辣《しんらつ》に吐き捨てた。だが、すぐにいつもの調子に戻る。

『でも、そういった気持ちになるのは、世界中でただひとりだけだよ。一樹くんはどうなの？　あれこれ複雑に考えず、自分の欲望に正直になってみたら？』

「そこは自分の気持ちに、じゃないのか？」

『同じだよ。結局は、ね』

電話を切った後、とりあえず俺は謝罪しようと、彼女のいる部屋に足を向けた。

俺はどうしたいのか。とにかく俺は彼女に——。

「取って食ったりなんてしないから、少しは気を許してくれないか？」

仕事としてじゃない。少しでもいいから彼女のことが知りたい。美弥の代役なんかじゃない。美和自身として接してほしい。

正直な想いを告げると、彼女は応えるように、自分がこの仕事を始めたきっかけについてぽつぽつと話し始めた。そこで、俺はまた自分の失言に気づかされることになるのだが。

仕事にも恋人にも裏切られて、傷ついてつらかったはずだ。それを乗り越えて、こうしてまた彼女は仕事をしている。金のためだけじゃない。働くことに意味を見いだして、前を向こうとしている。俺の依頼に必死になってくれているのも、仕事をきちんとこなそうとする気持ちからだった。

そんな中、俺のことが嫌だったら依頼を引き受けていない、と彼女はきっぱり告げてくれた。引き受けた理由は、俺が困ると言ったかららしい。

言い方は素直ではなかったが、俺のことを信用してくれたから、こうして泊まりであっても依頼を引き受けたとも聞かされて、なんだか救われる気持ちになる。

ああ、そうか。やっと理解できた。きっかけや最初の気持ちなどは些細《ささい》なもので、でもこんなにも彼女にこだわっていたのは、ずっと俺の方を向いてほしかったんだ。

センプレの商品に向けてじゃない。仕事で、じゃ満足できない。他の誰かじゃ意味がない。彼女の代わりはいないんだ。だから。

「思う存分甘やかしてやる。仕事だって忘れるほどに」

＊　＊　＊

そこで、ふと俺は我に返る。幹弥に「そろそろ行こうか」と声をかけられ、店を出ることになった。気づけばここに来て二時間が経とうとしている。

「じゃあね、美和ちゃん。一樹くんも。せっかくのふたりの時間を邪魔してごめんね」

「そう思うなら、頻繁に呼び出すのはやめろ」

「はいはい、またねー」

店を出て幹弥を見送り、俺はなんともいえない疲労感に襲われた。

「今日は悪かったな」

この台詞は前にも口にしたことがある。まったく似たようなシチュエーションでだ。けれど、あのときとは違って隣にいる彼女は笑顔だった。

「いーえ。桐生さんのお話、とっても楽しかったですし、美弥さんとお会いできたのも嬉しかったです」

「あいつ、なにを話してたんだ？」

「一樹さん、全然聞いてなかったんですね」

おかしそうに笑う彼女に、俺はなにも答えられない。その通りだからだ。

時間的には夕方だが、暑さを伴う日差しに顔をしかめ、どちらからともなく歩きだす。車を停めている場所まで少し距離があり、陰に入ったところで彼女は口を開いた。

「桐生さんからいろいろ聞いて、改めて思いました。一樹さんは、欲しいものをちゃんと手に入れちゃう人なんだって。私もすっかり奪われちゃいました」

おどけて言ってみせる美和に、俺は幹弥との会話を思い出した。

＊　＊　＊

ホテルに滞在した二日目の夜。心配をかけた手前、彼女がシャワーを浴びている間に、俺は幹弥に報告がてら連絡をした。

『どう？　美和ちゃんとうまくいった？　仲直りした？』

「……一応」

それから、明日美弥を連れて会いに来る、という話を告げられる。なにもこのタイミングで、とも思ったが、美弥も忙しく、この機会を逃すのも躊躇われた。

改めてふたりで会うこともないし、逆に幹弥も一緒なら、傍《はた》から見ても妙な誤解を受けることはないだろう。

そこで俺は現状について自然と言葉が漏れた。

「俺はお前が理解できないよ」

『なに、急に？』

幹弥の怪訝な声に、軽くため息をつく。

「片想いなんて、なにが楽しいんだ？　少なくとも俺はもう終わらせたい」

幹弥には、もうずっと何年も想い続けている相手がいるらしい。しかし俺にはそういう類の経験は皆無だ。片想いをしたこともない。

こんなにも欲しくて、目の前にあっても手に入らないもどかしさに気持ちが落ち着かない。彼女にすべて本当のことを話してしまいたくなる。

しかし彼女は今、俺の依頼を、仕事をまっとうしようとしている。そんな彼女の気持ちを、自分の都合で踏みにじるわけにはいかなかった。

俺の揺れる気持ちを見越してか、幹弥から厳しい声が飛ぶ。

『音をあげるの、早すぎじゃない？　わかってないなあ、一樹くんは。俺はべつに片想いを楽しんでるわけじゃないよ。全部を手に入れるためには、ちょっと手がかかる相手だっただけで。でも最後は奪ってでもものにする』

「たいした自信だな」

『あれ？　一樹くんは、欲しいものを前にして指をくわえて見てるタイプ？　俺は冗談じゃないね。欲しいものは自分で手に入れる。多少やり方が強引でもね』

「俺は」

そこで美和に声をかけられ、会話は終了した。

俺は幹弥になんと答えるつもりだったのか。奪ってでも手に入れたい気持ちは理解できる。だが――。

＊　＊　＊

俺は今、隣にいる彼女に目をやった。今日の彼女の髪は、俺が言ったからかどうかはわからないが、緩やかに巻かれていて、花柄のワンピースによく似合っている。

そっとその髪先に触れると、彼女はこちらに顔を向けてきた。彼女のさっきの台詞が頭の中でリフレインした。

『私もすっかり奪われちゃいました』

「奪われたのは俺の方だけどな」

美和の目が大きく見開かれたところで、その額に軽く口づける。外だということもあり、顔を赤らめながら彼女は大げさに狼狽えた。

けれど、ややあって照れつつも笑ってくれる。その幸せそうな表情に、俺もつられて微笑んだ。奪われたのは、捕まったのは、きっとこちらが先だ。

この表情を見たときから、ずっと自分のものにしたかった。

それは今だけじゃない、これから先も永遠にだ。

特別書き下ろし番外編
素直に欲しいものを口にしてみます

九月も半ばに差しかかり、だいぶ暑さも和らいできた。でも秋と呼ぶにはまだ無理がある。こうして日が落ちても、じっとりした熱気は消えない。今日が金曜日ということで、道行く人々がいつもより多いのも原因なんだろうな。

冷静に周りを観察しつつも、私は足早に会社に戻っていた。

今日は仕事が終わってから約束があったので、時計を気にしながらも、いつも通り定時で上がろうとした。そこで先輩に申し訳なさそうに声をかけられたのが、事の発端だ。

伝えられたのは、私が担当している経理のデータが急遽、月曜日の会議で必要になったという内容だった。月曜日の朝一で用意しても間に合うから無理はしなくてもいい、と言われたものの、気になったので約束を済ませてから、こうして再び会社に足を運んでいる。

通い慣れているオフィスとはいえ、こんな時間に訪れるのは初めてだ。夜も九時を過ぎていて、さすがにひとけがない。非常灯の明かりだけが煌々《こうこう》と光っていて、心なしか不安にも似た緊張が心を覆う。その考えを振り払い、ひたすら自分のデスクを目指した。

数ある電気スイッチのひとつに手を伸ばし、フロアの一部だけを照らす。急かされたわけでもないけれど、すぐさまパソコンを起動させて必要なデータを簡単に纏める。あまりにも静かな部屋に、キーボードを打つ音だけが響いた。

「できた」

軽くひとりごとを口にして、両手を上に伸ばす。達成感に浸り、パソコンをシャットダウンしようとマウスを動かした。

今、何時かな？

改めて時間を確認しようとしたところで、前触れもなく部屋の電気が消えたので、瞬時に停電を疑った。

「えっ」

「お疲れ」

「わっ！」

続けてかけられた言葉に、つい叫び声をあげる。

ただでさえ、誰もいないオフィスということで気を張りつめていたから、なにもかもが不意打ちすぎた。

声のした方にすぐ顔を向けると、相手はフロアの出入口近くに立って、電気スイッチに手をかけていた。

「つか……専務」

「驚かせたか？」

目を凝らすと、そこにはスーツ姿の一樹さんが軽く首を傾げてこちらを見ていた。

「驚きますよ。どうされたんです？」

「美弥から連絡があって。美和が一度会社に戻るって聞いたから」

冷静に告げて、彼はこちらに歩み寄ってくる。

そう、私が今日約束していた相手は美弥さんだった。前に一樹さんたちも一緒にカフェで会ったときは、あまり話ができなかった。それで今日、ふたりで改めて会うことになっていたのだ。

なにもかも段取りを美弥さんに任せてしまい、会うまでは多少の心配もあった。あまりにも高級な店だったらどうしよう、とか。美弥さんと話が合うかな、とか。

でもそれは杞憂で、彼女が選んだのは今女性に人気と話題沸騰中の、私も知っているカフェレストランだった。先月のタウン誌に大きく取り上げられていたこともあり、実は密かに気になっていたので、店のチョイスだけですでに私のテンションはうなぎ上りだ。

さらに店内もソファでゆったりとくつろげる半個室の造りで、周りをあまり気にする必要もなく、私と美弥さんはすぐに打ち解けた。最後にはその店の一押しのパンケーキを半分こしたりと、とっても楽しい時間を過ごせた。

別れ際に『また会おうね』とお互いに話しているときに、この後会社に戻る旨を流れで口にしたのを思い出す。まさか一樹さんに連絡がいっているとは。

「楽しめたか？」

尋ねてくる一樹さんに、私は素直に頷く。

「はい。美弥さん、とっても素敵な方でした。綺麗で可愛らしくて。そのうえ、すごく気さくで。ぜひまたお会いしたいです」

「そうか」

短く返し、一樹さんは私の頭をそっと撫でた。この程度の接触で今さら動揺するほどでもない。けれど、場所を考えると素直に受け入れるわけにもいかない。

「っ、あの、ここ会社ですけど」

「誰もいないし、見てないだろ」

やんわりとたしなめるように言っても、彼は歯牙にもかけない。

「そう、かもしれませんけど……」

もしかして、そのためにわざと電気を消した？

ちらりと一樹さんを窺う。窓から入ってくる数々の明かりのおかげで、部屋の電気が消えた状態でも、距離の近さもあって彼の綺麗な顔はよく見えた。

一樹さんは触れていた手を私の腰に回すと、反対の手で私の頬にゆっくりと触れた。指がわずかに耳を掠り、私は肩を震わせる。それさえも面白がるような彼に、少しだけ悔しくなった。

会社では、私たちは今まで通りに過ごしている。といっても元々、専務である彼と、契約社員で事務処理メインの私が接する機会自体ほとんどない。たまに遠くから私が彼を見つけるだけ。

そのときの一樹さんは落ち着いていて、どこか近寄りがたい。それでいて眼差しは真剣で、真摯に仕事に取り組んでいるのが伝わってくる。その姿を見て胸を高鳴らせては、自分の気持ちを再確認する。私は彼のことが好きなんだ、って。

でも会社ではあまりにも距離があるから、ふと不安になるときもある。彼との関係は夢じゃないかと。

今、そんな彼の瞳に映っているのは私だけだった。ここは会社で、目の前の彼は専務そのものという信じられない状況で。

頬から滑らされた手はいつの間にか顎にかけられ、自然に彼と目線を合わせる。瞬きもできずに彼を見つめていると、おもむろにその顔が近づいてきた。

こうなってしまっては抵抗できるはずもない。ぎこちなく瞳を閉じると、静かに唇が重ねられた。触れるだけの口づけに、罪悪感とでも呼べばいいのか、いつも以上に心臓がうるさい。

「俺にとっては、美和の方がよっぽど可愛いけどな」

さらに唇が離れて、一樹さんから紡がれた言葉に狼狽えずにはいられなかった。彼は私と額を合わせたまま、続けて不機嫌そうに呟く。

「美弥と会う約束を取りつけるのもいいが、俺との時間も確保しろよ」

「あの」

言い訳をしようとしたところで、一樹さんはふっと笑って距離を取った。

「送ってく」

「一樹さん」

踵を返そうとする一樹さんに、私は思いきって声をあげた。意外だったのか、彼は目を丸くしている。

きっとこれを言ったら、彼はもっと目を丸くするに違いない。私は一瞬、口にするかどうか躊躇う。それを振り払って、ぎゅっと握り拳を作り、心を決めた。

「実は、お願いがあるんですけど……」


一樹さんの車の助手席に乗って、私はきょろきょろと窓の外を見回していた。彼は会社を出てから、正確には私がお願いを告げてから、あまり口をきいてくれない。

やっぱり、迷惑だった……よね。

運転する彼に視線を送り、私は心の中で反省していた。

さっき私が彼にお願いしたのは、『一樹さんの家に行きたい』というものだった。時間も時間だし、突然すぎる申し出だったから、断られるのも覚悟したけれど、意外にも一樹さんは驚いた表情を浮かべながらも、『べつにかまわないが』と答えてくれた。

というわけで私たちは今、一樹さんのマンションに向かっている。

付き合いだして私の両親への挨拶を済ませたものの、私が彼の自宅に足を運んだことはなかった。タイミングがわからなかったというか、彼から提案されることもなかったし、私も『行ってもいいですか?』と今日の今日まで尋ねることもしなかった。

しばらくして車が停まったところで、私はしばし呆然としていた。なぜなら、私の知っている類のマンションとは全然違うものだったから。

「綺麗」

「その感想は間違ってないか?」

「間違ってませんよ。すごい、ホテルみたい!」

ついはしゃいだ声をあげてしまう。外観からして凝っているそのタワーマンションは、専用の駐車場も広々として明るい空間だった。さすがに時間が時間なので、降りてからは静かにする。

『ホテルみたい』という私の表現は間違ったものではない、と部屋に足を進めながら確信する。落ち着いた色合いのエントランスホールに、二十四時間体制で専属コンシェルジュ付きなど、今までの私にはまったく縁のない場所だった。

そういった経緯で、ある程度予想はしていたものの、やはり彼の住んでいる部屋も別世界だった。リビングに通され、私は彼に改めて確認せざるを得なかった。

「一樹さん、ここにはご家族で住んでいるんですか?」

「いや、俺ひとりだが」

わかっていたとはいえ、その返答に目眩を起こしそうになる。どう考えてもひとりで住むには広すぎだと思う。モデルルームと言われても疑うことがない。

あ、でも、それにしては少し色合いが寂しいかな？

ベージュ系を中心にシンプルなトーンで纏められた部屋は、ある意味、一樹さんらしい。

失礼にならない程度に視線を飛ばしつつ、リビングにある大きなコーナーソファの端にちょこんと座った。そして斜め向かいに、ジャケットを脱いだ一樹さんがやってきて、ネクタイを緩めながら話しかけてくる。

「それにしても、突然どうしたんだ？」

「すみません、無理を言ってしまって」

口調からは、責めるという感じは受けなかったけれど、どうしたって謝らざるを得ない。

「謝らなくてもいい。なにか気になることでも？」

彼の問いかけに、目をぱちくりさせた。そこで迷いながらも本音をぶつけてみる。

「気になることといいますか……単純に、私がもう少し一樹さんと一緒にいたかったんです……」

照れもあって、語尾は消えてしまいそうになった。一樹さんの顔が見られずに、視線を下に落としてしどろもどろに続ける。

「一樹さんが忙しいのも、うちの父に気を使ってくれているのも、わかってはいるんです。でも私……」

一樹さんが〝結婚前提の付き合い〟ということで実家に挨拶に来た際、両親は驚きつつも反対はしなかった。むしろ母なんて大喜びで、『さすが、私の娘！』と意味不明に褒めたりもした。一方で、『はい、そうですか』と納得できなかったのは父で、かなりのショックを受けているのが見て取れた。

その様子を私も一樹さんも目《ま》の当たりにして、おかげでデートをしてもそのまま泊まりになることはなく、その日のうちに帰るのがいつの間にか暗黙の了解になってしまっている。

でも、それだけじゃ足りなくて。『もっと一緒にいたい』と何度も喉元まで出かかったのに、『帰るか』と時計を確認して律儀に送ってくれる一樹さんを前にすると、言うことはできなかった。

一樹さんは十分なのかな？　ゆくゆくは結婚するから？　彼も忙しいし。

思えば、家に呼んでくれたこともない。泊まりじゃなくても、家で過ごすことはできると気づいて、現状に妙な距離を感じてしまった。ホテルで彼の婚約者役を務めたときは、わりと強引に迫られたりもしたから余計に。

『一樹くんは変に真面目だから。美和ちゃんが思っていることを正直に伝えてみた方がいいわよ？』

抱えているモヤモヤをそれとなく美弥さんに話したら、彼女は笑いながらアドバイスをくれた。

だから、というわけではないけれど、あんなワガママを言ってみた。呆れられて、困らせることになるかもしれない。でも、ちゃんと伝えないと。話し合わないと。だって私たちは結婚するんだから。

「俺も、美和ともっと一緒にいたいと思ってるよ」

広いリビングに一樹さんの声が響いて、私は頭を上げる。斜め向かいに腰を落としている彼は、目を閉じて息を吐くと、複雑そうな表情を浮かべて私に視線を向けた。

「正確には美和以上に、だな。毎日会っても足りないくらいだよ。何度別れ際に『帰したくない』って言いかけたことか」

一樹さんの発言に、私は戸惑いが隠せない。言葉を失う私に彼は続けた。

「でも、結婚前提とはいえ突然の報告だったたし、美和のご両親の手前、信用を失うのも困るだろ。美和もお父さんのことを心配してたし」

やっぱり全部、私や両親を気遣ってのことなんだと思うと、さまざまな感情が込み上げてきて涙まで溢れそうになる。それを我慢してようやく言葉を放つ。

「……そっちに行ってもいいですか？」

ぎこちなくも尋ねると、一樹さんは余裕たっぷりに笑ってくれた。

「どうぞ」

ソファから一度下りて、座っている彼の真正面に立つと、私が彼を見下ろす形になった。

「おいで、美和」

一樹さんが私の手を取って軽く引いてくれたので、私は遠慮なく彼に抱きつく。彼の膝に自分の体をのせることになったのは、この際気にしない。首に腕を回して、自分から彼との距離を縮めた。

どこか安心する一樹さんの慣れたにおいに、心が落ち着く。

「よかったです。私だけかと思ってました」

安堵の息を漏らすと、一樹さんが私の髪に触れて指を通していく。その感覚が心地いい。

「そんなわけないだろ。でも不安にさせたか？」

その言葉で私は腕の力を緩め、彼と向き合う形になった。いつもと逆で、私の方が目線が高い。一樹さんの形のいい額にそっと自分のおでこを合わせる。

「不安、というか。だって一樹さん、家にも呼んでくれませんし」

「そんなに来たかったのか？」

あっさりと返され、口を尖《とが》らせる。

「来たかったですよ。だって私、一樹さんの婚約者ですから。一樹さんのこと、知りたいんです。それに……」

「それに？」

言いよどんでいると一樹さんが続きを促してきたので、私は彼から視線を逸らして答える。

「外では、こうしてくっつけませんから」

なにも気にせず彼に触れることも、キスも難しい。

発言してから、どう思われたのかと気になったところで、唇が重ねられた。不意打ちに目を閉じることもできない。

「そうだな。だから、家に呼んだら帰したくなくなるだろ」

慈しむように頬を撫でられ、再び口づけられる。

それから、どちらからともなく啄むようなキスを繰り返す。時折甘噛みするように唇を刺激して。

そういうのは一樹さんの方がずっと上手だった。対等だと思っていた口づけは、あっさりと彼のペースになる。

「今も帰したくないって思いますか?」

「だったら?」

悔しくなって質問をぶつけると、なんとも意地悪く聞き返された。

「今日は遅くなっても大丈夫です。お父さん、日曜日の夕方まで仕事でいませんし。お母さんはむしろ、いってらっしゃいって言ってくれたので」

私は早口で捲し立てる。

『好きな人とは一緒にいたいわよねー。ちゃんと結婚も考えてるって真面目に挨拶に来てくださったし、なによりお父さんも高瀬さんが素敵な人だって本当はわかってるのよ?』

母の言葉を思い出しながら、念押しするように続けた。

「それに、私ももう大人ですから。私が一樹さんと一緒にいたくてここに来たんです。万が一お父さんになにか言われても、『自分から一樹さんの家に押しかけて、一緒にいたいってねだった』ってちゃんと説明します」

「やめておけ。お父さん、泣くぞ」

「さすがに冗談ですよ」

真面目に返され、肩をすくめた。でもすぐに顔を見合わせ、ふたりとも笑顔になる。

調子に乗った私は、今の体勢をいいことに、一樹さんの額に唇を寄せた。そして再び彼にぎゅっと抱きつく。

すると彼が脚を開いて膝をずらしたので、必然的に私は彼の膝からソファに下りることになり、目線が少し低くなった。

「すみません、重かったですか?」

「いや」

自然と上目遣いで一樹さんに尋ねると、彼はおかしそうに笑って、長い指先で私の頬をなぞった。サラリと耳にも触れられ、思わず身をよじる。一樹さんは目を細めて、わざとらしく包み込むように顔の輪郭に手を沿わせた。

「美和からもいいんだが、こっちの方が俺からキスしやすい」

なにかを言い返す前に口を塞がれる。

さっきよりもかなり性急で、キスが早々と深いものになる。舌を絡めて味わうように口内を蹂躙《じゅうりん》されると、吐息とともに自然と声も漏れる。自分のものと思えないような甘ったるいもので、さらには唾液の混ざり合う音も耳に届き、羞恥心で胸が苦しくなった。でも、やめてほしいとは思わない。

「んっ」

唇を重ねるだけで満足していたのは、なんだったんだろう。だって、求められるだけじゃなくて私も欲しくなる。彼とのキスは、いつも自分でも気づかない欲望を呼び起こさせて、〝もっと〟という気持ちになる。

たっぷりと口づけを交わして解放されたところで、私の息はすっかり上がっていた。一樹さんの顔を直視できず、自分の顔も見られたくなくて、彼に体を預ける形でもたれかかると、彼は小さい子どもでもあやすかのように私の頭を撫でる。

私は安心して一樹さんの温もりを受け入れていた。そして彼の手が後頭部を滑り、次の瞬間、後ろで束ねていた髪がほどける。彼がほどいたのだと理解したと同時に、驚いて顔を上げると視界が暗転した。

一樹さんに抱きかかえられる形で、強引にソファに押し倒される。状況を把握して、私は何度も瞬きを繰り返しながら、自分の上になっている彼を見つめる。彼の表情はなんともいえない色気を孕《はら》んでいて、思わず息を呑んでしまう。

「ひとつ確認しておきたいんだが」

「なん、でしょうか？」

あまりにも冷静に一樹さんが尋ねてくるので、私もなんとか余裕を持って答える。

彼は私との距離をさらに詰めてから、形のいい唇を動かした。

「〝今日〟帰れるって思うのか？」

『今日は遅くなっても大丈夫です』

先ほど、自分が告げた発言を思い出す。とっさに時間のことを気にしたところで、そういう意味じゃない、とすぐに考えを改めた。

「でも私、泊まる用意もなにもしていませんし」

たどたどしく言い訳めいたものを口にしても、一樹さんの表情は変わらないままだ。

「そこがクリアできたら泊まってくんだな？」

「いえ、その……」

射貫くような眼差しに、私はそれ以上なにも言えなくなった。すると一樹さんは私の耳元に唇を寄せる。

「美和」

吐息を感じるほど近くで響いた彼の低い声に、体も、心も震える。そして耳たぶに軽く口づけられ、続けて舌のねっとりとした感触に反射的に体を起こそうとした。けれど、それを一樹さんが許してくれるはずもなく、彼から与えられる刺激を受け入れるしかない。

「ふっ、やだ」

耐えきれずに顔を動かしながら抗議の声を漏らしても、まるで聞こえていないかのように無視される。手で彼の肩を押しのけようとしてもびくともせず、逆に指を絡めるように手を取られ、そのままソファに縫いつけられてしまった。おかげで一樹さんは、さらに遠慮なく舌や唇を使って私の耳に丁寧に触れていく。

漏れそうな声を我慢しようと、私は唇を結んだ。寒いわけでもなく身震いして、追い立てられるような感覚に戸惑う。

耐えるように体に力を入れると、自然と彼の手を握り返す形になり、勝手に潤んでいく目をきつく閉じた。

ふと彼の唇が耳から離れたのを感じ、おもむろに瞼を開ける。なにかを口にしようとしたところで、声にならない声をあげた。

耳にあった一樹さんの唇が、焦らすように私の肌に沿わされる。顔の輪郭から首筋へ下りてくるのに従い、彼の髪が頬を掠めた。

「まっ」

パニックを起こしそうな私に対し、一樹さんは、シフォンブラウスから覗く首元ギリギリのところに口づけし、肌を軽く吸った。

「ここも弱いんだな」

おかしそうに告げる一樹さんが顔を上げたので、そちらに目を向ける。わずかに頭を動かし、留まりきれなかった涙が重力に従って頬を滑っていった。

視界に映ったのは、困ったような、心配そうな顔をしている一樹さんで。でもその口元には笑みが浮かんでいる。

そして私の手から彼の手がゆっくり離れると、優しく頭を撫でられる。それですべてを許しそうになってしまうけれど、やっぱり言わずにはいられない。

「意地悪、しないでください」

私の小さな訴えに対し、一樹さんは私の髪先に触れてひと筋すくい上げると、静かに自分の口元に持っていった。

その仕草に目を奪われていると、彼の指から髪がはらりと落ちる。

「してない。愛してるんだ」

あまりにも真剣な声色で紡がれた言葉に、狼狽える隙も与えてもらえず、口づけられた。心臓が鷲掴《わしづか》みされたように痛んで、息も苦しい。

彼とのキスに酔いながら、さっきの彼の言葉が何度も頭の中でリフレインする。

散々翻弄され、最後に軽く音をたてて、改めて唇が重ねられる。彼は私の耳に触れながら、口角を上げて聞いてきた。

「本気で嫌なのか？」

「それは……」

涙を溜めた目で、私は彼と視線を合わせる。

もちろん、本当に嫌なわけじゃない。やめてほしいわけでもない。彼はとっくに見抜いている。ただ、これより進むと、もう戻れなくなる。

きつく結んでいた唇を、降参したようにゆるゆるとほどいた。

「これ以上一緒にいたら、私、一樹さんから離れられなくなります」

泊まったりしたら、帰りたくなくなる。もっとそばにいたくて欲張りになる。

気持ちを奮い立たせて本音を口にしたのに、一樹さんはどこか呆れた顔だ。

「だから結婚するんだろ。こっちは、とっくに離すつもりはない」

固まっている私をよそに、一樹さんはこつんとおでこを合わせてきた。不敵な笑みを浮かべ、私を瞳に映す。

「上等だ。むしろ離れられないようにしてやる」

私は大きく目を見開いた。

彼の言葉が引き金になり、今度は違う意味で涙が零れそうになる。それを堪えて笑った。

「ありがとうございます。私も一樹さんのこと、大好きです」

さすがに一樹さんみたいに『愛してる』と口にするのは難しかった。でも彼は余裕のある表情を一瞬崩すと、すごく嬉しそうに笑った。会社では見ることがない柔らかな表情に、胸が高鳴る。

だから私は思いきって彼の首に腕を回し、自分の方に引き寄せた。

「離れたくありません」

今度は私が、一樹さんの耳元で囁いてみる。今、彼がどんな顔をしているのか見えないのだけが残念だ。

どうしよう。私、すごく幸せだ。

結婚するといっても、まだ先のことのように思っていた。

話し合わないといけないことも、決めないといけないことも山ほどある。不安だってないわけじゃない。

でも、彼と一緒にいると、そんなものが全部吹き飛んでしまう。離れられないなら、一緒にいたいなら、あまり迷うことはないのかもしれない。

腕の力をわずかに緩めると、一樹さんはなにも言わずに私と目を合わせてから、キスを再開させた。

十分すぎるほどの言葉はもらったから、とりあえず今はあれこれ考えずに、彼との口づけに溺れることにしよう。

キスの合間に触れてくれる一樹さんの温もりに安心しながら、私は自然と笑顔になった。

END

あとがき

こんにちは、黒乃 梓と申します。このたびは『強引専務の身代わりフィアンセ』をお手に取ってくださって、本当にありがとうございます。

〝偽装〟〝契約〟といった王道ストーリーを書きたいな、と思ってあれこれ考えているうちに『いっそのこと、ヒロインが仕事として婚約者を務めるのはどうだろう？』と思いついたのが、今作の始まりでした。

すれ違いつつも、無自覚でいちゃいちゃするシーンはもちろん、前半の駆け引き交じりに腹の探り合いをする美和と一樹も、書いていて楽しかったです。

読んでくださった皆様はいかがでしたか？

この作品で少しでも楽しんでいただけたなら、作者としては幸せです。

また、一樹の友人として登場した幹弥ですが、彼の恋愛模様については、別作品として同月発売の電子書籍であるマカロン文庫で描かれていますので、興味のある方はよろしければ覗いてみてくださいね。

さて、私にとって二作目の書籍化作品となる今作。機会を与えてくださったスターツ出版様。前作同様に最初から最後まで私に寄り添い、編集作業をともに進めてくださった三好様、矢郷様。素敵すぎるカバーイラストを描いてくださった亜子様。サイトで応援してくださった皆様。この本の出版に関わってくださったすべての方々にお礼を申し上げます。

そしてなにより、今このあとがきまで読んでくださっているあなた様に心から感謝いたします。

本当にありがとうございます！

いつかまた、どこかでお会いできることを願って。

黒乃《くろの》　梓《あずさ》

黒乃 梓先生への
ファンレターのあて先

〒104-0031
東京都中央区京橋1-3-1
八重洲口大栄ビル7F
スターツ出版株式会社　書籍編集部　気付

黒乃 梓先生

本書へのご意見をお聞かせください

お買い上げいただき、ありがとうございます。
今後の編集の参考にさせていただきますので、
アンケートにお答えいただければ幸いです。

下記URLまたはQRコードから
アンケートページへお入りください。
http://www.berrys-cafe.jp/static/etc/bb

強引専務の身代わりフィアンセ

2018年4月10日　初版第1刷発行

著　者　黒乃 梓
©Azusa Kurono 2018

発行人　松島 滋

デザイン　カバー　菅野涼子（説話社）
フォーマット　hive & co.,ltd.

校　正　株式会社　文字工房燦光

編集協力　矢郷真裕子

編　集　三好技知（説話社）

発行所　スターツ出版株式会社
〒104-0031
東京都中央区京橋1-3-1　八重洲口大栄ビル7F
TEL　販売部　03-6202-0386（ご注文等に関するお問い合わせ）
URL　http://starts-pub.jp/

印刷所　大日本印刷株式会社

Printed in Japan

乱丁・落丁などの不良品はお取替えいたします。
上記販売部までお問い合わせください。
定価はカバーに記載されています。

ISBN 978-4-8137-0437-9　C0193

ベリーズ文庫 2018年4月発売

書店店頭にご希望の本がない場合は、
書店にてご注文いただけます。

『副社長のイジワルな溺愛』

北条《ほうじょう》歩《あゆ》来《ら》・著

建設会社の経理室で働く茉夏は、容姿端麗だけど冷徹な御曹司・御門が苦手。なのに「俺の女になりたいなら魅力を磨け」と命じられたり、御門の自宅マンションに連れ込まれたり、特別扱いの毎日に翻弄されっぱなし。さらには「俺を男として見たことはあるか?」と迫られて…!?

ISBN978-4-8137-0436-2／定価：本体630円＋税

『強引専務の身代わりフィアンセ』

黒乃《くろの》 梓《あずさ》・著

エリート御曹司の高瀬専務に秘密の副業がバレてしまった美和。解雇を覚悟していたけど、彼から飛び出したのは「クビが嫌なら婚約者の代役を演じてほしい」という依頼だった！　契約関係なのに豪華なデートに連れ出されたり、抱きしめられたりと、彼は極甘で…!?

ISBN978-4-8137-0437-9／定価：本体630円＋税

『お気の毒さま、今日から君は俺の妻』

あさぎ千《ち》夜春《よはる》・著

容姿端麗で謎めいた御曹司・葛城と、とある事情から契約結婚した澄花。愛のない結婚なのに、なぜか彼は「君は俺を愛さなくていい、愛するのは俺だけでいい」と一途な愛を囁いて、澄花を翻弄させる。実は、この結婚には澄花の知らない重大な秘密があって…!?

ISBN978-4-8137-0433-1／定価：本体640円＋税

『冷酷王の深愛～かりそめ王妃は甘く囚われて～』

いずみ・著

花売りのミルザは、隣国の大臣に絡まれた妹をかばい城へと連行されてしまう。そこで、見せしめとして冷酷非道な王・ザジにひどい仕打ちを受ける。身も心もショックを受けるミルザだったが、それ以来なぜかザジは彼女を自分の部屋に大切に囲ってしまい…!?

ISBN978-4-8137-0438-6／定価：本体640円＋税

『エリート社長の許嫁～甘くとろける愛の日々～』

佐倉《さくら》伊織《いおり》・著

老舗企業の跡取り・砂羽は慣れない営業に奮闘中、新進気鋭のアパレル社長・一ノ瀬にあるピンチを救われ、「お礼に交際して」と猛アプローチを受ける。「愛してる。もう離さない」と溺愛が止まらない日々だったが、彼が砂羽のために取ったある行動が波紋を呼び…!?

ISBN978-4-8137-0434-8／定価：本体640円+税

『伯爵と雇われ花嫁の偽装婚約』

葉崎《はざき》あかり・著

望まぬ結婚をさせられそうになった貴族令嬢のクレア。縁談を断るために、偶然知り合った社交界の貴公子、ライル伯爵と偽の婚約関係を結ぶことに。彼とかりそめの同居生活がスタートするも、予想外に甘く接してくるライルに、クレアは戸惑いながらも次第に心惹かれていき…?

ISBN978-4-8137-0439-3／定価：本体650円＋税

『クールな次期社長の甘い密約』

沙紋《さもん》みら・著

総合商社勤務の地味OL茉耶は、彼女のある事情を知る強引イケメン専務・津島に突然、政略結婚を言い渡される。甘い言葉の裏の横暴な策略に怯える茉耶を影で支えつつ「あなたが欲しい」と近づくクールな専務秘書・倉田に、茉耶は身も心も委ねていき、秘密の溺愛が始まり…!?

ISBN978-4-8137-0435-5／定価：本体640円＋税